AF345632

PATCHWORK

(RETALES DE UNA VIDA)

MARÍA PRIETO DOMÍNGUEZ

PATCHWORK

(RETALES DE UNA VIDA)

EXLIBRIC

ANTEQUERA 2023

PATCHWORK (RETALES DE UNA VIDA)
© María Prieto Domínguez
© de la imagen de cubiertas: Isabel Rosado Prieto
Diseño de portada: Dpto. de Diseño Gráfico Exlibric

Iª edición

© ExLibric, 2023.

Editado por: ExLibric
c/ Cueva de Viera, 2, Local 3
Centro Negocios CADI
29200 Antequera (Málaga)
Teléfono: 952 70 60 04
Fax: 952 84 55 03
Correo electrónico: exlibric@exlibric.com
Internet: www.exlibric.com

ISBN: 978-84-19520-74-6
Depósito Legal: MA 190-2023

Nota de la editorial: ExLibric pertenece a Innovación y Cualificación S. L.

MARÍA PRIETO DOMÍNGUEZ

PATCHWORK

(RETALES DE UNA VIDA)

1. El pueblo

Era un pueblo pequeño de casas blancas y calles empinadas que conducían a la plaza, que estaba rodeada de soportales con un gran árbol en el centro. Allí estaba el ayuntamiento, la farmacia, una cafetería que hacía de punto de encuentro de los vecinos. También había una tienda de ultramarinos donde se vendía de todo. La papelería librería era centro de reunión de las mujeres, donde lo mismo se hacía punto, se daba una receta o se comentaba un libro o una película.

Candela había heredado aquella librería de su abuela. Era un local con mucho encanto, estaba dividida en espacios o rincones donde interactuar, soñar y vivir. Estanterías llenas de libros, libros con encanto, con solera. Otras con colores, papeles, libretas, bolígrafos, sobres, etcétera. En invierno la mesa camilla era el centro de aquel lugar, allí tomaban café o infusiones, se leía, se tejía o, simplemente, se vivía.

También estaba la butaca de la abuela Candela, cerquita de la ventana, donde ella se sentaba por las tardes y daba su cabezadita acariciando a su gatito. Siempre tuvo uno en su regazo. El último aún se ve allí sentado en la butaca al sol de la tarde, soñando que Candela lo acaricia. Hay días que no deja de ronronear.

Una de aquellas tardes, cuando el sol remolón en la cumbre se negaba a esconderse dando el paso a la noche, Candela leía sentada en la butaca de la abuela. Se levantó como si algo la hubiera pinchado, el dolor le hizo de resorte poniéndola en pie.

Al mirar por el cristal vio como el sol a lo lejos le sonreía, y ahora sí se decidía a ocultarse. Ella sonrió y pensó: «Ya tengo cosas de vieja».Y es que la esencia de su abuela Candela seguía en cada rincón de aquella jaula de ilusiones, sueños y deseos, que se hacían realidad en cada momento, solo tenías que coger algún libro de aquellos y volar.

Llegó Nati con su gran bolso, y cogiendo su taza de café, la llenó y se sentó. Sacó su labor y comenzó su parloteo, como siempre con energías y mucha alegría, mientras esperaba la llegada de las demás. Nati era viuda, enviudó muy joven, y ahora que su hijo estudiaba en la capital, tenía mucho tiempo para compartir. Qué mejor forma de hacerlo que con sus amigas. Su casa también estaba en la plaza, en la planta alta de los soportales. Quizás también por eso era la primera en llegar.

Después de Nati, llegó Sofía. Ella siempre tan ordenada, tan cuadriculada, tan silenciosa, era muy alta y con poco garbo. Su pelo pajizo ya peinaba canas, y era aún joven. Ella decía que lo había heredado de su madre, que con cuarenta años ya tenía el pelo blanco. Ella ya tenía más de cuarenta y no lo tenía blanco, pues el tinte que se ponía de tarde en tarde le disimulaba las canas, pero prácticamente era blanco, un blanco pajizo y sin brillo ninguno. Ella era soltera, tuvo un gran amor que se fue un día al trabajo y nunca llegó. Lo buscaron, pero nunca dio señales de vida. Corrían mil historias por el pueblo, pero lo cierto era que ya hacía más de veinte años y nunca se supo de él. Su familia no perdió las esperanzas de encontrarlo. Sofía, en cambio, fue haciéndose a la idea de que no volvería a verlo. Quizás por eso fuera tan silenciosa y rara, según las cotillas del pueblo. Allí en la librería de Candela, ella era una más. Una mujer trabajadora, silenciosa y soñadora que siempre tenía soluciones para todos y palabras de ánimo, pocas, eso sí.

Sofía preparó té verde con hierbabuena para ella y Rosario, que entró justo detrás. Candela y Nati organizaban el trabajo. Estaban haciendo unos toldos de croché con vivos colores que pondrían en la plaza para protegerla del sol en algunas zonas, y así todos poder estar y pasear fresquitos, o al menos con sombra en su día a día. Sacaron las canastas con lanas de vivos colores, que estos meses atrás habían traído todas las vecinas del pueblo. Pusieron la radio, un programa de música.

Fueron sacando las lanas y combinando los colores. Cuando llegó Rosario, otra vez había discutido con su marido. Cuando lo hacía se le notaba, llegaba relatando y sin parar de exponer la discusión solo para que le dieran la razón. Rosario tenía dos mellizos, ya mayores, que trabajaban en una fábrica en la ciudad. Vivían fuera, solían venir algunos fines de semana. Desde que se fueron discutía más a menudo con Alfonso, siempre por lo mismo, el carácter controlador y celoso de él. Ella, cuando se desahogaba contando lo ocurrido, se ponía a tejer y no había quien la pillara.

En la radio sonaba música de verbena y tejían y reían al son de las notas de las canciones. Candela se dio cuenta de que hoy no había venido Reme, y pensó que quizás no pudo ir. Las reuniones eran libres, nunca quedaban y venían las que podían, y cada día eran distintas las que lo hacían. Hoy había rosquillas de naranja, las trajo Ana antes de irse al trabajo. Ella limpiaba el colegio, y lo hacía por las tardes cuando ya no estaban los niños. Al terminar pasaba a saludar por la librería.

Llovía con fuerza y bajaba un verdadero río de agua por las empedradas calles del pueblo. En la plaza se habían formado grandes charcos, y los vecinos miraban a través de los cristales de las ventanas cómo había caído la tarde de repente, convirtiéndose en noche cerrada. Candela acariciaba su gato y tomaba su chocolate. Hoy no vendría nadie, se dijo, así que preparó sus cosas para terminar la tarde tejiendo y oyendo música en la radio.

Se abrió la puerta con fuerza y apareció Ana empapada y protestando porque se metió en un gran charco y terminó empapándose del todo. Ana había terminado su trabajo y una charla y un café caliente eran ideales para matar el tedio de la fea tarde. Aunque el agua siempre viniera bien.

Hoy había sido un día complicado. Consuelo, la maestra, le contó que el hijo de Reme estaba muy malito. Había rechazado el trasplante y volvía a estar ingresado. Así era la vida en aquel pueblo pequeño y escondido en la sierra, donde sus habitantes eran una gran familia. Las cosas las compartían y ahora tocaba una enfermedad injusta y dolorosa. Fuera seguía lloviendo con mucha fuerza, como si la naturaleza protestara por los acontecimientos ocurridos. Sonaba la música y Candela y Ana tejían, ahora en silencio y un poco tristes.

2. 4:20 horas

Se despertaba, miraba el reloj y eran las 4:20. No se oía nada, la luz de la calle entraba por la ventana, que debido al calor permanecía abierta y con la persiana subida a la mitad. Intentó seguir durmiendo, después de ir al baño y beber agua. Tardó en dormirse, pero lo hizo al final.

Este episodio se repitió varias veces. Al principio no le daba ninguna importancia, pero el verano fue avanzando y el episodio repitiéndose. Cada noche se asomaba a la terraza y miraba las estrellas.

Se dio cuenta de que estar allí sentada mirando las estrellas la relajaba y volvía a coger rápidamente el sueño. Sentía que cada noche era más el tiempo que pasaba allí, contando estrellas, pero al volver a la cama y mirar el reloj volvían a ser las 4:20. Llegó a pensar que era un sueño que se repetía, pero sentía cómo contaba y distinguía aquellas brillantes lucecitas que la observaban.

Un día, colocando unos libros, se cayó un papel con unas anotaciones. Ella nació a las cuatro y veinte de la madrugada, su hermana a las cuatro y veinte de la tarde, y sus abuelos murieron a las cuatro y veinte de la madrugada. Pensó que quizás a aquellas horas paseaban por las estrellas y el ruido de sus pisadas entre ellas la despertaban. Y quizás también por eso ella nació a esa hora el mismo día un año después de la muerte de sus abuelos en un accidente. Las estrellas te guían y te hablan iluminando nuestro camino.

«Últimamente, solo recuerdo la emoción de las cosas y se me olvida todo lo demás…».

3. La carta

Viernes, 17 de junio de 2022

Mi querida amiga:

Así comenzaban antes las cartas, la correspondencia, la comunicación de unos y otros, la información y las noticias que se daban. Ya apenas nos escribimos. Ahora hay formas más rápidas de comunicarnos, es verdad, pero perdimos el encanto y el misterio que tenían las cartas.

Por eso hoy quise comenzar así, como si de una carta se tratara. Una carta a una amiga, lejana y algo olvidada por el devenir del tiempo. «Hoy quiero escribirte unas palabras, pues hace mucho que no sé de ti».

Yo sigo en Málaga. Esta mañana al pasear por la playa, descubrí un tronco quemado y abandonado que me trajo al recuerdo aquel verano. Cómo han pasado los años, éramos unas crías que jugaban cada mañana en la playa sentadas en un tronco grande y negro que, seguramente, arrastró la tormenta de verano de la tarde pasada.

Éramos felices y solo pensábamos en el juego, en el baño, en reír y disfrutar el momento. Por eso hoy, al verlo sobre la arena, nos vi a las dos, inocentes y felices. Cuánto tiempo.

Te cuento qué fue de mí estos años en un breve resumen, y espero que te llegue mi carta y que tú contestes a esta tu amiga que nunca te olvidó.

4. Los libros

Le gustaba cómo olían los libros. Los viejos tenían un olor característico, el tiempo, la vida, los recuerdos, el pasado y el presente se acumulaban entre sus páginas. Los nuevos tenían la magia del olor a nuevo, a misterio, aventuras y destinos. En cualquier caso, aquel olor le gustaba y lo buscaba.

En las librerías rozaba con sus dedos los lomos, con sus ojos recorría los colores y adivinaba sus letras y los argumentos. Las estanterías de madera de pino, que encargara su abuelo en la carpintería de su amigo Paco, resistían al paso de los años, al ir y venir de libros. Unos llegaban y rápido se iban a hogares, a otras estanterías de otro lugar, donde serían mimados, acariciados, leídos. Otros se quedaban más tiempo, buscando ojos que se deleitaran en sus páginas.

Luego en las tardes de invierno, se hacían aquellas charlas, donde se compartían experiencias y vivencias de las lecturas. Incluso el sonar de aquella máquina registradora era agradable y también tenía un olor especial. La butaca junto a la ventana y las sillas repartidas en forma agradable y necesaria.

5. El globo

De repente le pareció que pegaban al cristal de la ventana. Pensó: «Qué pereza, es muy temprano. ¿Qué pasa? ¿Qué suena?». Por un momento parecía que había parado y se arropó con el edredón de nuevo y quiso seguir durmiendo. Pero volvió el sonido del toc, toc, toc en la ventana. Así que se levantó sin ganas, subió la persiana y abrió la cortina. Se quedó un poco parada al ver un inmenso globo rojo atado con una cuerda, que se había quedado enredado en el aparato del aire acondicionado y con las rachas de aire golpeaba los cristales. Lo cogió, cortó la cuerda y lo metió en casa. El globo no paraba quieto, iba de un lado a otro.

Ella conectó su ordenador y se sentó a trabajar, mientras tomaba un café y sonreía al globo, que paseaba por su hogar. Durante toda la mañana fue subiendo y bajando. De repente pensó en los cactus que tenía junto al televisor, y antes de girarse y levantarse, explotó el globo rojo. Cogió los restos con mucha pena y fue a tirarlos en la papelera. Entonces vio un papel blanco entre los restos rojos. Lo abrió, desplegando todos los dobleces, y leyó: «El cielo y el sol siempre estarán esperando tu sonrisa. Todo se va a solucionar».

6. El viento

Soplaba fuerte el viento. El incesante silbido y la fuerza daban un poco de miedo, al menos de inquietud. Corrió los visillos de la ventana y vio como en la calle luchaban los viandantes contra las ráfagas de viento. Sintió el frío de la calle y pensó abrigarse un poco más. Ya con el abrigo ajustado y bien abotonado, salió dispuesta a comenzar otra jornada. Había momentos en que no podía avanzar y no podía respirar bien. A pesar de lo cerca que estaba su trabajo, hoy echó de menos su coche.

En el edificio de su despacho, se sintió aliviada. Estaba resguardada. Arriba, en el noveno piso, se oían con mucha fuerza las ráfagas del fuerte viento. Sonó el teléfono y sin saber por qué, su corazón le dio un vuelco. Latió con fuerza, y aún más al oír la voz de la persona que le hablaba. Supo quién era solamente con oír su saludo:

—Hola…

Tantos días esperando su llamada, y ahí estaba, al otro lado, en la distancia, a mil kilómetros, pero lo sintió muy cerca. Se giró y allí estaba. El tiempo se detuvo y supo que ya había pasado la tormenta, ahora luciría el sol y el viento se calmaría.

7. Las olas

Furiosas llegan las olas a la playa, dejando en la arena toda su fuerza. Desde el muelle las grúas de hierro observan la orilla con su ritmo acompasado y eterno. Hoy el mar impone su destino a la ciudad dormida, que poco a poco despierta. Y vuelvo a contar de nuevo cada cadencia del ritmo de la tierra que nos acuna en silencio.

En la arena marcadas las huellas de mis pasos y del tiempo, que se llevan con sigilo el mar y el viento. Parada la mirada en el bravo bailar de las olas, pierdo la noción del tiempo y junto a la gaviota levanto de repente mi corazón al vuelo.

8. El tren de cercanías

Todas las mañanas a las ocho estaba en el andén, esperando el tren de cercanías que la acercaba a su instituto. Ella era una chica de clase alta que después de mucho pelear consiguió que la dejaran estudiar. Se sentaba siempre cerca de la puerta, en el sentido de la marcha. Llamaba la atención por ir sola; eran años en los que se veía mal a una chica sola. Su gorrito rojo enmarcaba su cara blanca y delgada, su mirada triste y soñadora. Parecía flotar cuando se desplazaba. Caminaba segura y decidida. Miraba siempre a través del cristal, observando el paisaje.

Él la descubrió el primer día que cogió el tren para ir a la notaría. Trabajaba allí, era el chico de los recados, pero estudiaba y se preparaba para subir, formarse y llegar a ser notario. Pronto se sentaban juntos y conversaban en los escasos diez minutos que duraba el recorrido. Luego caminaban juntos otros diez minutos y cada cual caminaba a su lugar. En el fin de semana ya no se veían, ambos soñaban con la mañana del lunes para volver a encontrarse.

Últimamente, ella hablaba menos y le costaba sonreír, y él se preocupaba. Una mañana no vino, y él supo que algo pasaba. Al volver del trabajo, cuando pasó por el túnel, la vio. Sonreía y le decía adiós tirándole un beso, como hacía cada vez que se despedían. Al girarse no estaba. Se dio cuenta de que no fue real. Pero pasado un tiempo, cuando ya supo que murió tranquila y durmiendo, que se fue en silencio, él comenzó a verla cada día. Siempre en sitios distintos. Al subirse, al bajarse, por el túnel.

Ahora no decía adiós, simplemente miraba triste y en silencio, como él la conoció.

Esa era la historia de la chica del sombrerito rojo, a la que más de uno vio algún día en el tren de cercanías.

9. El kiosco

Se acercó corriendo como cada mañana. Lola, la del kiosco, le tenía preparada la prensa y el tabaco. Ella solía ser la primera de la jornada. Era un no parar de ir y venir de clientes asiduos que corrían a coger el metro hacia sus trabajos. Aquella era la esquina más bonita y limpia del barrio. Lola limpiaba a fondo aquellos metros de acera por la mañana y al atardecer. Cuidaba y regaba el jardincillo que justo hacía de frontera con la carretera.

Lola conocía la vida de aquellos transeúntes que buscaban cigarrillos, noticias, cotilleos o un simple caramelo para endulzar sus vidas.

—Lola, ¿llegó ya mi revista?

—Sí, te la tengo apartada. Aquí está.

—Se te ve cansada, ¿quieres algo fresquito?

—No, no te preocupes. Ahora me tomo un cafetito y mejoro.

Así eran sus mañanas, un ir y venir de almas solitarias buscando un poco de consuelo.

Irene hoy ocultaba sus ojos tras las gafas de sol oscuras, Lola se daba cuenta de esos pequeños detalles.

—¿El tabaco, Irene?

—No, Lola. Anoche compré el Sur.

Lola sabía que el hecho de comprar anoche significaba que fumó más de lo habitual, y eso era señal de más discusiones, más estrés, en definitiva. Pobre chica. Menuda lucha con tres críos pequeños, sin ayuda y con una pareja que era otro crío. La conocía prácticamente desde pequeña, cuando vinieron a vivir al barrio.

Desde muy jovencitos comenzaron a salir, siempre compraban en su kiosco, los vio crecer y cómo sus idas y venidas cada vez iban deteriorando más a la pareja. Cada niño fue una reconciliación, una oportunidad nueva a aquella relación tan tóxica. Más de una vez ella, que era una pequeña bruja de los sentimientos, sirvió de paño de lágrimas.

Irene fue perdiendo la alegría en su mirada, fue tapando sus tristezas detrás de unos cristales oscuros. Pero a Lola no se le escapaban esos pequeños detalles, quizás por hablar, observar y pensar tanto cada día con todas aquellas almas que pasaban junto a su pequeña ventana, con prisas, con ilusiones, con la monotonía de la vida cotidiana.

Oía su respiración acelerada, se daba cuenta de que se hacía mayor. Cada día le costaba más trabajo realizar las tareas que antes hacía en la mitad de tiempo. Los paquetes de periódicos pesaban cada día más.

Lola lo hacía todo con mucho cariño y con un gusto especial. Los vio venir como un gran torbellino que se acercaba amenazando su integridad y la del kiosco. Los mellizos Guillermo y Emilio eran una pesadilla para sus padres. Se pasaban el día controlando el sinfín de trastadas que iban organizando.

—Lola, Lola, quiero una piruleta de fresa y limón.

—Vale, tranquilos. Esperad a que llegue mamá y le preguntamos.

Era la hora de la comida y seguro que Laura no permitía que tomaran ahora caramelos.

Lola no tuvo hijos y los ajenos solamente los soportaba por un breve espacio de tiempo. Aquellos pensamientos le provocaron cierta nostalgia y tristeza. Sabía que estaba un poco sola, que su vida giraba en torno a aquel kiosco y la vida de los demás.

Hoy era un día especialmente triste para Lola. Hacía cinco años de aquel horrible accidente. Un coche perdió el control y se estrelló contra la farola y una esquina del kiosco. El crío que iba en el asiento de atrás salió despedido. Lola lo acogió en sus maternales brazos y lo cuidó mientras llegaba la ambulancia. A ella se le quedó grabada aquella carita. Cerraba los ojos y la veía, parecía real, que estaba allí.

Por eso a Lola no le gustaba aquel día. La ponía muy tristona, cosa muy rara en ella, que siempre sonreía, le daba a cada uno un saludo especial, rebosaba energía y alegría.

—Hola, bonita. ¿No tienes clases hoy?

—La profesora de Lengua está enferma y nos dejaron salir antes. ¿Se llevó mi madre el periódico, Lola?

—No, aún no pasó.

—Me lo llevo yo, ¿vale?

—Vale, guapa, y ten cuidado.

Hoy puso flores frescas en el pequeño florero de cristal azul que le regaló unas Navidades su amiga Puri.

Puri y Lola se conocían desde prácticamente el colegio. Ellas habían pasado por la escuela juntas, aunque pocos años. Luego comenzaron a trabajar ambas, Lola ayudando a su padre allí, en el kiosco, y Puri en una fábrica de camisas como aprendiz. Ambas mantuvieron siempre su amistad, a pesar de los años y las mil circunstancias de sus vidas.

Eran muchos los que frecuentaban el kiosco, solo para intercambiar un saludo, una charla, una sonrisa; de alguna manera, para sentirse menos solos. Lola se daba cuenta de la soledad que se respiraba en muchos de su clientela. Y no necesariamente los de más edad, como ella. En la soledad no existe la edad.

El señor Paco era un elegante caballero de bigote y sombrero que compraba su periódico cada mañana y en muchas ocasiones se hacía el remolón, hilando la hebra con unos y con otros. Con Lola hacía sus tertulias matutinas y discutían de la vida y de los problemas de esta. Él era viudo, con un hijo que vivía en EE. UU., al que apenas veía. Tenía un bonito piso frente al kiosco. En verano pasaba las horas en su terraza, cuando ya allí no daba el sol y la brisa era fresquita. Se podría decir que Lola y él eran buenos amigos. Se ayudaban, él le solucionaba temas de papeleo y ella le daba charla y compañía. Ella sabía que cuando él hablaba mucho de su hijo era cuando menos hablaba con él, y sentía la soledad y el desapego de su parte. Lo compensaba hablando de la buena vida que él tenía en San Francisco y de lo bonita que era la ciudad y lo bien que estuvo en el único viaje que hizo para verlo; de eso ya hacía cinco años al menos.

Así es la vida, y cada uno la va llevando como puede. Buscamos el consuelo donde podemos. Lola en su kiosco tenía una reliquia de treinta años, una maleta de color marrón. El primer día, uno de sus clientes se la dejó olvidada y nunca más apareció. Era pequeña, ajada por el tiempo y los viajes que vivió, seguramente. Ella creyó siempre que fue un joven que con muchas prisas compró la prensa, tabaco y un botellín de agua y salió corriendo porque perdía el autobús. Allí se quedó, junto a la papelera que tenía Lola para su clientela. Fueron pasando las horas y nadie vino a reclamarla, y los días, las semanas. Ella siempre decía que no tendría nada importante. Pasaron años y allí seguía junto a la neverita donde tenía el agua y los helados en verano.

No fue hasta que pasó un año largo que se atrevió a abrirla. No tenía llave, solo con apretar un botón se abrían las bisagras.

Allí quizás estaba la vida entera de una persona, sus recuerdos, sus pertenencias. Pocas eran, y simbólicas: un libro, *La casa de los espíritus*, forrado con un papel de periódico; una agenda para el año siguiente, 1988; una bufanda de lana azul; una caja pequeña con un reloj de pulsera en su interior; una camisa blanca bien doblada, ya algo arrugada por el paso del tiempo allí guardada; pañuelos con dos M enlazadas; una pluma, y una foto de una pareja cogida de la mano, mirándose a la cara, inmortalizando el momento. Nada más, tan poco y tanta historia la que se contaba con aquello.

Era el niño más bonito que ella había visto. Rubio, de ojos azules, de piel sonrosada y tersa. El primer día que Laura lo trajo para que Lola lo viera, ambas disfrutaron de aquellos minutos mágicos.

Las visitas al kiosco por parte de Laura eran diarias. Salía a pasear por la acera donde estaba el kiosco, que era muy amplia y los árboles daban una intensa sombra todo el año. Aquella avenida llegaba al paseo marítimo. Siempre solía estar muy transitada de gente que paseaba, tomaba el sol, hacía ejercicio, charlaba sentada mirando al mar.

Lola veía crecer al niño de rizos dorados y mirada ausente. No sonreía por más carantoñas que ella se empeñaba en hacerle. Se daba cuenta de que algo pasaba, que no había comunicación entre su mirada y los demás, que estaba ausente. Cuando pudo reunió fuerzas y con mucho tacto abordó el tema. Sin embargo, Laura cerró y apartó rápidamente el tema.

A raíz de esto, comenzó a ir menos por el kiosco. Si tenía que pasar lo hacía por la acera de enfrente. Y con los días dejó de pasar. Lola pensó que estaría enfermo el pequeño. Fue con el paso del tiempo que supo que no le había gustado su comentario, que no lo aceptaba. Tuvieron que pasar unos años para que un día apareciera con el crío ya caminando y con unas rosas. Laura pidió perdón a Lola y le habló de los adelantos que David estaba realizando. Laura tardó en entender que Lola se dio cuenta de la realidad que ella se negaba a ver. Supo que nos cuesta ver nuestros problemas, nuestras carencias, y si nos las dicen los demás aún nos cuesta más aceptarlo.

Cuando llegaba septiembre, Lola surtía su kiosco de material escolar para los olvidadizos, para los que dejan todo para el último momento. Entonces un bolígrafo, un sacapuntas y la clásica libreta de anillas y cuadritos sacaban del apuro a los que olvidaron comprarlo el día anterior.

A Lola los productos de librería le gustaban mucho. Sentía un amor profundo por los libros y los devoraba. Su trabajo y los horarios que tenía, casi doce horas de reloj, prácticamente, le daba lugar a tener tiempo para leer mucho. Era un buen entrenamiento para aquellas horas de tedio, de poca venta. Viajaba, soñaba, disfrutaba de las aventuras y las vidas de aquellos personajes.

Luisito vino corriendo a pedir un bolígrafo negro de punta fina. Llegaba tarde al cole y tenía mucha prisa. Lola lo atendió rápido, pidiendo disculpas al cliente que ojeaba la prensa mientras decidía qué revista llevarse hoy.

—Ten cuidado, no corras. Tienen aún unos minutos —le decía Lola al travieso Luis, que con coloretes en su rostro volvía hacia el cole ante la vista de su madre, que lo controlaba desde la esquina mientras colocaba bien a la pequeña María en su sillita de paseo.

Hoy estaba cerrado el kiosco. Era fiesta. Muy pocos festivos cerraba Lola. El 8 de septiembre era un día señalado, aparte de ser festivo. Ese día Lola se permitía levantarse más tarde, desayunaba fuera en una cafetería en el centro y de allí se iba a ver la Virgen de la Victoria, la patrona de la ciudad. Después de encender unas velas y colocar una rosa blanca a los pies de la Virgen, pedía por sus seres queridos. Su madre murió ese día, ya hacía muchos años. Su padre dos meses después… A partir de ese día su vida se complicó mucho, pero a ella no la detuvo nada, no se vino abajo. Luchó por el día a día, que era lo más importante.

Luego siempre llamaba a su amiga Pino, pues era su cumpleaños. Pino vivía en Canarias y se veían poco, pero eso no importaba. Su amistad la mantenían con llamadas y cartas. Cartas que al leerlas nos van sanando el alma.

También era el santo de su prima Victoria, otra amiga del alma. Ambas comían juntas ese día, junto al mar, hablando y dándose compañía. Luego tiraban dos rosas blancas al mar, que simbolizaban esa amistad, esa compañía, ese paso del tiempo y de la vida.

Lola estaba hoy nostálgica y recordaba aquellas tardes de verano que dejaba abierto el kiosco hasta bien tarde. Sobre las nueve aparecía Puri con su silla, y luego Ana. Eran cuatro o cinco amigas que se reunían allí, sentadas delante del kiosco, al fresquito de la noche. Aquellas eran las auténticas redes sociales de aquellos años. Tomando un helado comentaban sus cosas, sus problemas, sus vidas cotidianas, los últimos chismes del barrio, las noticias que veían en la tele u oían en la radio. Todo era debatido y juzgado. Ellas ponían solución a todo y arreglaban cualquier asunto con su sabiduría y buen juicio.

Luego, con los años, se fue perdiendo la costumbre y se fueron espaciando las reuniones. Se perdieron totalmente con el paso de los días, los meses y los años. Hoy todo se hace con mensajes, todo se expone, la intimidad, los pensamientos, los viajes… Ya no tenemos intimidad. Lola cerraba las correderas de su kiosco y con tranquilidad se encaminaba hacia su hogar. Allí la esperaba su gatita, Estrella. Y mañana sería otro día, si Dios así lo quería.

Los domingos por la tarde Lola no abría el kiosco. Se quedaba en casa, haciendo todo lo que durante la semana no podía hacer. Ordenando un cajón encontró una postal de Tavira. Estuvo allí un verano, no hacía muchos años. Tres días, para ser exactos, los que se tomó después de años sin apenas un día de vacaciones. En una visita guiada le contaron una historia que nunca olvidó y que revivió de alguna forma su interior. Contaba la leyenda que el río que divide la ciudad guardaba un secreto. Es el único río con dos nombres distintos, según en la parte que te encuentres del puente romano: Gilao es el nombre de la parte derecha y Sequa el de la parte izquierda. Dos nombres de río para el mismo cauce. Un caballero cristiano y una mora, ambos amantes, fueron perseguidos por el padre de la chica, que no quería que estuvieran juntos. Ellos se lanzaron al río para huir, perdiendo la vida en el intento. Cada uno cayó hacia un lado del puente, de ahí el doble nombre.

A Lola le recordaba su propia historia, sin un final tan trágico, pero sí infeliz. Ella y un jovencito de una de las familias más importantes de la ciudad se enamoraron. Al ser tan jóvenes, los padres de él, que se enteraron de sus encuentros aquel bonito verano, lo mandaron en septiembre a un colegio interno del extranjero. Estuvo seis años sin venir. Sus padres también se marcharon antes de terminar el curso, y Lola se quedó triste y sola durante mucho tiempo. Luego ya fue muy difícil superar ese amor tan idealizado. Alguna vez supo por amigos algo de él, pero no volvieron a verse...

Hoy, al sacar aquella postal, recordó aquellos tres días en aquella bonita ciudad portuguesa, donde decidió romper la única foto que se hicieron ella y su amor de adolescencia y tiró cada trozo a un lado del puente, pidiendo el deseo de que el agua uniera aquellos dos trozos y que la vida en algún momento volviera a unir sus almas.

Guillermo llegó corriendo y hablando de forma atropellada. Quería contarle a Lola lo que le había sucedido a su hermano, Emilio. Se había caído en el patio y se había roto el brazo. Lola le puso toda la atención a la historia del crío. Este se sentía el protagonista. Cuando llegó su hermano, ya él le había dado toda la información.

Ella, Lola, tenía un don especial con los niños y a cada uno sabía darle su protagonismo y su espacio. En esta ocasión, sacó dos comics y le regaló uno a cada niño. Ellos se pusieron felices con este detallito. Siempre tenía algo especial para cada uno: un caramelo, un lápiz con historia —que ella se encargaba de contar—, un pequeño libro, una postal... Tenía tantas cosas guardadas en aquella lata de galletas. Cosas que según las iba regalando, volvía a reponerlas. En su casa había una estantería repleta de cositas que había guardado desde siempre y ya llevaba tiempo regalándolas. Decía que era muy fácil sorprender y hacer feliz con una insignificancia. Así aquella tarde los mellizos estuvieron entretenidos; su madre, algo más relajada, y Lola, feliz de ver aquellas caritas de trastos felices.

Los últimos días de verano eran vividos por el barrio con cierto ajetreo. Los niños preparaban ya sus mochilas y uniformes, cosa que provocaba un ir y venir por la amplia acera. Lola observaba también cómo de alguna manera se volvía a ver el trajín cotidiano. Los que solían venir de vacaciones ya habían regresado a sus hogares. Y en muchos clientes se notaba ya caras de relax y descanso. Se terminaban los días de playa, de poner lavadoras con toallas, playeras y sábanas de invitados deseados o más o menos acoplados, como decían los chavales.

Más de una tarde la calle olía a tierra mojada por un chaparrón inesperado de una tormenta pasajera. El caer del agua sobre el tejado del kiosco tenía un sonido de melodía relajante y acompasada que tranquilizaba a Lola y le hacía ver que todo volvía a la normalidad. Los niños dejaban de dar pelotazos en su esquina y los papeles en el suelo disminuían con el paso de los días, señal de que el trasiego disminuía.

Esos días ella retomaba con más intensidad sus lecturas y los recuerdos de los años se colocaban poco a poco en su pasado. Aún no había salido el sol y Lola ya limpiaba con esmero su acera, ordenaba la mercancía y ponía bello su kiosco para seguir repartiendo un poco de alegría.

Algo llamó su atención un poco más abajo en la calle, una caja de cartón parecía tener vida y no paraba de moverse. La curiosidad hizo que se acercara despacio y mirara. Un pequeño cachorrillo de color canela con alguna manchita blanca se movía torpemente dentro de la caja. La cogió y lo llevó al kiosco. Pobre perrito abandonado a su suerte. Quizás acababan de dejarlo allí. Sus pertenencias eran una mantita de colores y un recipiente con pienso.

Aquella mañana fue muy distraída con el perrito. Unos y otros comentaban, sugerían nombres para ponerle y contaban distintas versiones de cómo fue a parar allí. Lo cierto fue que el perrito supo mirar a los ojos del alma noble y buena de Lola, y ella vio, al igual, la nobleza y lealtad en aquella mirada que pedía solo un hogar. Así ya ninguno sentiría la soledad y el abandono, se darían cariño y compañía. Fue una suerte encontrarse aquella mañana. Y Suerte fue el nombre de aquel bonito cachorrito.

Suerte trajo mucha alegría y compañía a Lola. Se hizo parte imprescindible en el kiosco. Tenía su camita allí dentro en invierno, y con el buen tiempo fuera. Saludaba a cada uno de los clientes que llegaban, movía su colita y, según quien fuera, se acercaba más o menos en su saludo. Nunca ladraba, era un bombón de perrito. Los niños se acercaban y acariciaban su pancita. Algunos le llevaban juguetes; pelotas nunca, estaban aleccionados por Lola, pues podían caer a la carretera y correr situaciones de peligro. En los días de invierno, cuando el sol calentaba sin molestar, él se tumbaba delante del kiosco, a un ladito. Allí tomaba los rayos de sol y hacía sus siestas. A los clientes a los que no les gustaban los animales, los respetaba y no se acercaba a ellos. Ya muchos conocían el kiosco por el perrito. Era una bonita familia la que formaban Lola y su perrito, Suerte.

Se despertó y la luz era cegadora, al menos así lo sintió ella. Con los ojos cerrados, agudizó el oído, pero nada le era familiar. Sí que se sentía muy bien, muy descansada, como si hubiera dormido muchas horas. Una mano suave la acarició y preguntó qué tal estaba…

Lola se desplomó el día anterior en el kiosco. Fueron los clientes quienes llamaron a Urgencias, cerraron el kiosco y se quedaron con su perrito, Suerte. Ahora le harían pruebas y analíticas. Ella quería irse a su casa y se acordaba de su pequeña compañera. Debía seguir un régimen y tomar medicación.

Los primeros días estaba muy floja, sensible, pero poco a poco fue cogiendo fuerzas renovadas. Volvió a su rutina del día a día, estando pendiente de todo y de todos. Suerte no se separaba de su lado, ella también se llevó un gran susto. No sabía qué pasaba cuando la separaron de su mami humana.

Así es la vida, etapas que se van superando, día a día… Lola y la perrita Suerte eran familia, actuaban como tal. Juntas en lo bueno y en lo malo, viviendo una vida cómoda y placentera de alguna manera.

Lola pensó que aquello había sido un aviso de la vida, así que comenzó a bajar el ritmo de trabajo y a vivir más la vida. Cerraría los domingos, los dedicaría a simplemente disfrutar de aquellas pequeñas cosas que la hacían feliz y que añoraba. Pasear por la playa con su perrita, esa sería una de las mil cosas que haría de ahora en adelante.

10. El violín

Frente al espejo ensayaba y corregía la postura. Era muy importante hacerlo correctamente, eso le ayudaba a tener menos lesiones. Al final eran muchas horas de trabajo tocando el instrumento. Su vocación por la música le vino tarde, pero en muy poco tiempo avanzó mucho en el estudio.

La abuela Isabel vivía con ellos, se sentaba en su butaca esperando que ella comenzara sus conciertos. Su nieta le decía que no eran conciertos, que eran ensayos y trabajo, estudio en definitiva. Pero para aquella anciana adorable de pelo blanco y piel tersa y sonrosada era como asistir al teatro a oír tocar un concierto.

Cerraba los ojos y se veía allí en el centro del escenario, con la oscuridad del patio de butacas, apenas iluminado. Le servía de protección ante los nervios de los primeros acordes. Luego ya todo fluía de forma natural y llenaban la oscuridad de luces y reflejos, de brillos, de placeres ocultos a la vista, pero no al oído.

Disfrutaba con aquel estudio diario de su nieta. Ella no pudo tocar el violín, en casa no había afición a la música ni medios, y no pudo estudiar. Por eso con cada nota revivía aquella tarde que acompañó a su amiga Ana al teatro donde su padre ensayaba y lo oyó tocar.

Fue algo maravilloso, una experiencia que nunca pudo olvidar. Y ahora vivía como suya la experiencia de tocar oyendo a su nieta. Siempre terminaba durmiéndose, la arropaban con su toquilla de lana y ella, al despertar, decía que no dormía, solo soñaba.

11. La abuela, las estrellas y algo más

La casa de la abuela era especial. Tenía un olor característico. Limón, canela, matalahúva, hierbabuena… Era un aroma que te daba mil detalles de su esencia. La puerta de la calle daba directamente al comedor, que estaba unido también a la cocina. Había tres ventanas en esta estancia, con lo cual en verano hacía correr un aire fresco y agradable.

La mesa de madera robusta y grande, con un mantel siempre limpio y de cuadritos rojos; otros días eran verdes, según. Sobre ella, un botijo sobre una bandeja de barro, también donde reposaban vasos, tapados estos con unos pañitos blancos de puntillas rojas o verdes. También una jarra de cristal grueso siempre con flores, matas, buganvillas, girasoles, albahaca, hierbabuena…, todo esto en ramilletes puestos con mucho gusto. Alrededor de la mesa, ocho sillas con cojines de ganchillo de alegres colores.

Las paredes blancas con pocos cuadros, uno de unos cazadores, un espejo y el almanaque del año. Una percha justo detrás de la puerta era toda la decoración. Pero tampoco necesitaba más. Las ventanas con visillos de encaje, y en los poyetes exteriores, macetas. La cocina de leña y el fregadero de azulejos verdes y blancos.

Qué bonita era aquella estancia. Desde sus ventanas podías ver la era, la carretera y el pozo al lado del huerto, donde el limonero y el membrillo daban un poco de sombra. Qué lejanos aquellos días y qué cercanos ahora en mis recuerdos.

Últimamente, miraba mucho al cielo. Miraba las estrellas. Buscaba los claros entre las nubes, cuando estas cubrían parcialmente el cielo, buscando su brillo. Había días que se veían superclaras, allí en lo alto, radiantes. Cada día había más estrellas que buscar, con el paso de los años.

Cuando era pequeña no las buscaba, no las miraba. Lo hacía cuando su abuela señalaba alguna en las noches de verano. Los abuelos, los padres, le enseñaron los nombres de muchas. Y decían que había millones, y todas con nombres. Cuando el abuelo Francisco murió, uno de esos días de verano la abuela María le mostró dónde estaba la estrella de él, las de sus padres, las de sus abuelos, su hermano, algún amigo…

Con los años ella entendió por qué ahora buscaba tanto en el cielo. Ya eran muchos los que le faltaban, por eso ahora miraba mucho buscando estrellas en el cielo. Paseaba por la playa y ese día los destellos de las hogueras hacían retirarse para ver con claridad los destellos del cielo, y allí en la soledad, apretó la manita de su nieto y, señalando a lo lejos, comenzó a nombrar cada una de esas estrellas del cielo.

Abrió la puerta y solo se divisaba bruma y niebla. Las piedras del patio aumentaban el eco de sus pasos y por la ventana la luz tenue del despertar del día se colaba indiscreta. Miró al final de la calle y las luces de un coche anunciaban la llegada de alguien. Pero volvió a pasar sin pararse. Cerró entonces el gran portón y se dispuso a esperar. Pasado un buen rato, al volver a mirar, ya el sol se había apoderado de la calle y de la ciudad. Por la ventana, los rayos de luz dibujaban sombras y escenas de colores.

Ya en el patio de piedras se oía rumor de pisadas y olor a comida recién hecha. El corazón, lleno de alegría, se disponía a seguir siendo feliz y a luchar por esa felicidad básica y eterna. Muchas veces solo hace falta un poco de luz para adivinar el camino a la felicidad.

La vida nos enseña que son los momentos lo más importante. Esos momentos en los que miramos al mar, la luna, un cielo con estrellas, una flor… El agua del arroyuelo pasa y jamás regresa, pero mientras pasa nos enseña la vida con sus distintas piedras.

12. La despedida

En el andén se quedó, viendo como partía el tren. Miró, lo vio parado, diciendo sin parar adiós con la mano. Por un lado, se alegró, aquella partida le haría bien. Quería volar libre, quizás él la ataba mucho más de lo que pensaba. Hizo bien en decirle que cada uno siguiera por su lado, que buscaran el futuro por separado.

Él se quedaba en el pueblo, con su rutina, con sus tierras y su ganado. Ella quería ver el mundo, viajar, estudiar, todo lo que pudiera hacer lejos de allí, en otro lugar. En su maleta, pocas pertenencias y muchas ilusiones. Su cabeza llena de sueños y deseos por cumplir.

Al llegar, soltó su última lágrima y supo que no se había equivocado, la ciudad la esperaba llena de oportunidades. Sacudió su falda, puso bien su sombrero y bajo al andén, dispuesta a conquistar el mundo.

13. El cachorro

Hacía días que un fuerte temporal de levante azotaba la costa. Era una gozada, al menos para ella, pasear por la playa. Le gustaba el mar cuando se veía así. Las olas no daban tregua y la espuma del mar dibujaba preciosas siluetas por toda la orilla. El aire era denso y se respiraba el salitre. Más de un loco paseaba al igual que ella, siempre retirada del rompiente furioso del mar. Por el paseo se veía a gente corriendo, bicis, fotógrafos intentando encontrar la mejor fotografía.

Su rostro se llenó de lágrimas, el recuerdo de su pareja lo asaltó desde su alma. ¡Cuánto le gustaba el mar así! Quería quitarse esos pensamientos y llenar su mente de recuerdos felices.

Las gaviotas habían desaparecido, quizás huyendo del temporal. A lo lejos vio un bulto y conforme se fue acercando, un gemido, un llanto muy lastimero. Era un cachorro, que temblaba de miedo o de frío, o de las dos cosas… Se quitó su pañuelo y lo lio en él, no pesaba nada. Se sintió aliviado y el cachorrito se calló. Sabía que se había salvado.

¿Se perdió? ¿Lo abandonaron? ¿Quién lo sabrá? Lo cierto es que la vida le dio una segunda oportunidad.

14. El angelote

Al salir de aquel edificio al final de la calle, algo le llamó la atención. Era una fuente, donde un angelote le recordó mucho a otra fuente muy parecida que había en su pueblo, justo frente a su casa, donde su padre también tenía la consulta. Y supo que todo saldría bien. Un ángel que la cuidaría, protegería y ayudaría en toda esta nueva etapa de su vida. Al igual que el ángel de su infancia, los dos formaban parte de una fuente donde carpas de colores vivían felices y ajenas a todo lo que las rodeaba.

A ella le encantaba ponerles miguitas de pan y galletas por las tardes, cuando salía a la plaza a esperar a que su amiga llegara para ponerse a jugar. Pensó que a la mañana siguiente, antes de entrar al trabajo, les pondría también pan y galletas… ¡Sí! Le habían dado el trabajo. Pero no era de extrañar. Su padre era médico y tenía una consulta en su propia casa. Ella con los años pasó de jugar con las carpas en la plaza a ayudarlo en la consulta.

Cogía el teléfono, abría la puerta, cogía las citas y organizaba la agenda. Así que este trabajo era muy similar, con más consultas y más agendas. Eran tres los médicos los que necesitaban a alguien que hiciera este trabajo. Y ella era la hija del mejor amigo del padre de uno de ellos. Así que, como todo en esta vida, los enchufes sirven.

Lo cierto era que les gustó mucho a los tres, era muy simpática, alegre y parecía ordenada, lista y, sobre todo, con muchas ganas de trabajar. Aunque no hubiera sido una conocida, la habían cogido.

Aquella noche soñó con ángeles gorditos y de pelo rizado, que bajo una bruma de cuento bailaba y corría de fuente en fuente por el pueblo.

15. El tren y la chica

Aquella tarde el frío era intenso y húmedo. En la estación esperaba el tren, que desde lejos ya se adivinaba por el humo negro, que se marcaba aún más en aquel paisaje tan blanco. La luz de los faroles y el silbido anunciaron su llegada. Tras los cristales de los vagones se veían los pasajeros, que con indiferencia contemplaban la escena aquella fría tarde de invierno. Ella se camuflaba entre los viajeros intentando pasar inadvertida, pero no lo conseguía. Él la vio, envuelta en bruma y humo a través del frío cristal. Su piel blanca contrastaba con su cabello, negro y brillante, y aquel gracioso sombrerito rojo. Su apariencia indicaba que era de clase alta. Se notaba rápidamente la clase social en las ropas que se llevaban, y ella tenía clase.

Cuando subió al tren, fue buscando por los vagones a ver si podría sentarse cerca de ella, al menos para poder mirarla, pero no la encontró. No estaba en ninguno de los vagones. Pensó que quizás bajó en el justo momento que él subía y por eso no se vieron.

Durante todo el trayecto, la imagen de la chica le volvía a su mente. Al pasar por uno de los túneles e intentar ver en la oscuridad, de repente vio su rostro reflejado de nuevo en el cristal. Dio un salto y se giró, buscando a la chica, pero no estaba.

Un señor que se dio cuenta del salto que dio el muchacho le preguntó si estaba bien. Le contó lo que había sucedido y el señor le contó la historia de la chica del tren… Pero esa ya es otra historia.

16. Días de invierno

Hoy recordé cómo eran los días de invierno de hace muchos años, más de cincuenta. Eran días y días de intensas lluvias y hacía mucho frío. En los tejados se formaban carámbanos de hielo. No recuerdo la de años que hace que no los veo.

Por eso ahora pienso cuánta razón tienen los que anuncian el cambio climático. Ya ha cambiado. Solo con recordar un poco el pasado se ve. Estamos en febrero y hace un sol radiante que eleva las temperaturas, veintitrés grados y subiendo.

Recordé una mañana de febrero de hace ya unos años. En el alero del tejado del patio se habían formados chusos de gran consistencia que cogíamos con las manos, rojas por el frío helado, y luego chupábamos como si fueran polos. Es pensar en aquellos días y sentir el dolor helado de los huesos por el frío intenso. También recuerdo cómo se creaba una capa de hielo en la fuente de la alameda y cómo la rompían los jardineros. Por eso me digo que solo observando vemos todos los cambios.

17. Los abrazos

Abrazos que te derrumban, reconfortan, sientes, necesitas… Necesito los besos rozados en las mejillas, en las manos, en la frente. Un abrazo de treinta segundos te activa todas tus energías y fuerzas.

«¿Dónde están esos abrazos? Buenos días». Ese fue el primer mensaje que había recibido aquella mañana. Su amiga todos los días saludaba con bonitos mensajes. Ella lo leyó y recordó los abrazos de su abuela. Ese abrazo que la apretaba y no la dejaba respirar, pero a la vez la ponía en forma y llena de energías. Eran los abrazos más apretados y tiernos a la vez. Los besos de su madre —no muchos, pues no eran de besarse mucho—, ahora que no estaba, que ya nunca más los daría, los sentía más cercanos, más sinceros, más intensos, sobre todo al despertarse…

Cómo había cambiado la vida, se decía, en muy poco. Ahora hablábamos a distancia, no nos tocábamos, mucho menos besarnos. Y lo peor de todo era que ya estábamos acostumbrados.

Recordó de pronto los papeles encontrados y saltó de la cama y los cogió. Se preparó un café y se dispuso a revisarlos; el día anterior solo los miró por encima. Estuvo muy liada y no profundizó en ellos, ni los leyó siquiera.

Eran pocas hojas, distintas en color y tamaño. Estaban numeradas.

1. Hoja de color verde, cuadrada, recortada con el dibujo de un corazón de colores y la palabra *amistad*, también de distintos colores cada una de las letras.

2. Hoja de bloc de rayas, y ponía: «Nos vemos junto a la jaula».
3. Una postal de la playa. Sin escribir.
4. «Yo no quiero irme. Te escribiré».
5. «Siempre seremos amigos, hablamos pronto. Te llamo».
6. Un dibujo de un bosque de árboles.
7. Una foto de dos chicas y dos chicos, con sus nombres por detrás.

Eso era todo.

Difícil unir esos retazos de historia y recuerdos…

Difícil tarea recomponer esta historia en siete puntos y sin ningún recuerdo.

18. La cometa roja

Y aquella cometa roja que navegaba en un mar de nubes blancas y otras más oscuras cargadas de agua y buenas esperanzas era premonitoria de cómo se daría el día. Para Claudia era ahora su prioridad encontrar un trabajo, con el cual poder ir viviendo en la ciudad. Ella tenía unos ahorros, pero no quería desprenderse de ellos, pues significaba tener que volver a su casa, a su pueblo.

Antes, en los años sesenta, una mujer salía de casa cuando estaba casada, por regla general. Pocas eran las que se independizaban siendo solteras. Elvira era una de ellas, por eso al principio había recibido tantas críticas y reproches.

Pero aquel no fue su momento, cuando Elvira le propuso irse juntas y buscar trabajo, realizar sus sueños de alguna manera. Entonces ella tenía novio, un novio de muchos años, con mucha relación familiar, con muchas ataduras. Ella pensaba que lo quería, que estaba enamorada, que su vida ya estaba escrita. Le quedaba casarse, eso sí, cuando la casa estuviera ya acabada. Luego niños y rutina. Rutina es lo que tenía aquella relación, que desde la adolescencia se mantenía sujeta con hilos de monotonía, tedio y comodidad.

Costaba trabajo romper con todo y tirar hacia delante, dejando tanto detrás. También es verdad que su vida se fue jalonando de acontecimientos que fueron enganchando el transcurso del tiempo. Primero la muerte de su hermano, luego la locura del otro y su desaparición por un año, la depresión de su madre y la tiranía y el autoritarismo de su padre. Menos mal que estaba su abuela María y su amiga Elvira, que serían su apoyo. Después, más tarde, la partida de su abuela. Se fue sin molestar, sin avisar, sin despedirse.

La cometa roja en el cielo le decía: «A por ello. Mantén el pasado sujeto, que no te quite tus ganas de volar y ser feliz». Y volvió de nuevo a recomponerse y andar erguida y con firmeza, y de su interior brotó la voz sabia y optimista que dijo: «Soy Claudia García y me están esperando».

19. La abuela María

Hoy necesitaba un abrazo de esos que daba su abuela María. De los que te zarandean y todos tus huesos se ordenan y acomodan suavemente como entre algodones de nubes rosas. Ese olor a colonia suave y fresca y el negro de sus ropas. Ella no la recordaba vestida de color, nunca, siempre tuvo algún duelo que le hacía llevarlas. Sus cabellos siempre estaban peinados en una trenza gris, que había días que se convertía en un moño.

También la recordaba en la puerta de casa y tendiendo lana, que anteriormente había lavado en la pileta del patio. Luego la tendía al sol en la puerta. Y la peinaba con mucho esmero una vez seca, con su mirada siempre fresca, alegre y sincera. Una mujer enérgica, ordenada, limpia, trabajadora y tierna. ¡Muy tierna! Les preparaba pan con aceite y azúcar, chocolate calentito en las frías tardes, y contaba mil historias, del cortijo, del campo, de cómo Negrito, el perrito cojito, llegó a su vida.

Cómo la necesitaba aquella mañana. Sintió su abrazo tierno y confortable, olió su colonia fresca y su rostro cambió. Se lanzó a buscar su nuevo destino. A ver cómo se le daba la entrevista de trabajo. Ya no importaba tanto, ahora se sentía fuerte y con el coraje de su abuela en todas sus venas.

20. La cita

Cuando se sentó en la mesa reservada, se dio cuenta de qué bonito era aquel restaurante, y aquella debía de ser la mejor mesa. Estaba junto a una gran cristalera que daba directamente al mar. Allí sentada parecía ir en un barco. Se veía toda la bahía al otro lado. La luz era muy leve a esas horas de la tarde. Pronto comenzaron a encenderse todas las luces y aún era más bonita la estampa. El mantel, con un estampado de hortensias rosas y blancas, contrastaba con el verde de las hojas, que era también el color de las servilletas y de la vajilla. La cristalería también era verde.

Estaba muy nerviosa, no podía evitarlo. Hacía casi quince años que no se veían y solamente las fotos de las redes sociales le podían dar una idea de cómo estaba ahora. Y veía que aún estaba más guapo que de jovencito, los años lo habían mejorado. Se volvió a mirar en su espejito y a colocar bien el cabello. Luego miró el móvil, tenía un mensaje: «Perdona, llego ya».

Ella no quiso contestar y volvió a sentirse más incómoda aún. No había cambiado. Siempre tenía que esperarlo, ahora tendría la mejor de las excusas. Sonrió para sí misma y tomó un trago del cóctel que el camarero le puso según las órdenes de él. Estaba muy bueno, tampoco en eso había cambiado, saber sus gustos.

La música del piano comenzó a sonar mientras la ciudad, ya totalmente iluminada, se veía bella y fantasmagórica, con las luces y la bruma del mar, que poco a poco invadió la bahía. Él llegó perfecto, su camisa celeste le resaltaba aún más sus ojos y el color de su piel. Se acercó sonriente y como si acabaran de verse…

—¿Te gustó el cóctel? Aún recuerdo tus gustos.

Él era así, como si ayer mismo hubieran estado juntos. Su piel suave, su fuerza, la ternura a la vez, parecía que no había pasado el tiempo. Luego perderse entre sus brazos y su pecho. Aquel apretón suave y que pareció eterno, que el tiempo se detuvo en ese mismo momento. Se sentó a su lado, acercó un poco más la silla a la suya y le habló cogiendo sus manos. No la soltaba. Ella por un momento comenzó a sentirse incómoda, pensó que eran el centro de atención de la sala, y eso que estaban apartados.

Ya un poco más relajada, compuso su figura y no oía los halagos que él no dejaba de regalarle. Había ganado con los años, eso sí, pero volvió a la cafetería donde quedaban para tomar café y contarse, acompañarse en aquellos años. Recordaron cómo se despidieron, con la promesa de escribirse, de hablar de vez en cuando.

Él aprovechó la oportunidad de aquel trabajo lejos, muy lejos, en Canadá. Un océano por medio, muchos kilómetros de distancia. No se prometieron nada, eran libres, y cuando él regresara ya se vería. Pero un año se convirtió en quince años. Al principio se escribieron con frecuencia, luego solo en Navidad y cumpleaños, y con el paso de los años, nada.

Lo miró y sintió ganas de llorar, pero no lo hizo. A ver qué le contaba.

21. Un bonito día

El día amaneció lluvioso y frío, pero pensó que no importaba, así se quedaría en casita, recuperando fuerzas para la semana. Sus días eran duros, con mucho trabajo y esfuerzo para seguir forjando sus sueños.

El cristal estaba lleno de gotitas de lluvia, que resbalaban poco a poco y se acumulaban formando pequeños charcos donde se reflejaban el cielo, las nubes y los edificios. Se divisaba a lo lejos un cambio del tiempo, se habrían claros y las nubes se apartaban veloces dejando ver los rayos del sol, que empujaban hacia una radiante mañana al final. Unas gaviotas comenzaban su vuelo, buscando ya el alimento y estirar las alas persiguiendo el viento. Los coches se veían aparcados en la calle, no había ningún movimiento. Hoy no se madrugaba.

Pensó que era un bonito día que transformar. La lluvia y las nubes pasarían a ser luz y sol. Y su sofá la invitaba a viajar por los caminos infinitos de una buena lectura. Cogió uno de aquellos amigos que siempre estaban allí, esperándola en la estantería, y disfrutó de un viaje de emociones y vida para vivirlas.

22. La niña y el libro

Le tocó vivir una dura infancia. Su madre murió en el parto de su hermanita pequeña. Ocho hermanos, muchos. En aquella época era común perder la vida dando una vida nueva.

Ella leía los libros que su madre guardaba en la despensa. Su madre, que le enseñó las primeras letras, los escondía como pequeños tesoros para que el padre, buen hombre pero bruto, no los tirara ni protestara. Aprovechaba cuando él se iba al campo y ella dormía en sus brazos a la más pequeña.

Viajaba y soñaba con vidas que nunca podría ni ver ni vivir. Era feliz solo con leer, con soñar despierta. Llegó a memorizar los libros de su escasa biblioteca. Un día de Navidad, su padre sacó de un zurrón un libro amarillento, roído y desahuciado por alguien, y se lo dio a su hija con lágrimas en los ojos. «Perdona, mi niña, solo sé de campo y de tierras. Lo encontré tirado y sé que tú podrás leerlo y enseñar a tus hermanos en algunos ratos».

Todos alrededor del fuego escucharon aquella historia con sumo cuidado: «En un pueblo de la sierra de Ronda, donde crecen los pinsapos, en una casita blanca vivían…».

23. El piano

El piano de cola esperaba en la entrada del centro, allí inmóvil y sereno. Las partituras y el diapasón esperaban con él, haciéndose compañía. Fuera, en la calle, la lluvia caía con una gran fuerza y los transeúntes corrían a refugiarse. La gente ultimaba sus compras y, al ver cómo llovía, seguía allí al resguardo, preguntándose más de uno cuándo comenzaría el concierto.

Comenzaron las notas a oírse en todo el centro. Primero suaves y lentas, luego fue aumentando el ritmo, la fuerza. La gente ya hacía una rueda, y todos miraban a aquel chaval, al que le costaba llegar con sus pies a los pedales y con sus pequeñas manos a los extremos del teclado. Observaron los presentes que la pieza la sabía de memoria, pues no pasaba las páginas de la partitura. Preciosa melodía que llenó de magia a los que la oían. La gente sonreía, se hablaba y aplaudía a aquel pequeño que tocaba de maravilla.

Fuera dejó de llover, pero nadie se movía. Cuatro piezas tocó. Sin descanso, sin pestañear siquiera. Y la música unió a corazones solitarios, a miradas vacías y a seres que caminaban. Se dieron abrazos, cálidos e invisibles, todos los allí reunidos. Se sintieron felices solo con oír la música. El chico se levantó y dio las gracias entre aplausos, cogió su bastón blanco y su mochila y se fue. Despacio, sin prisas, pero sin pausas.

24. La Odisea

A veces el destino y las circunstancias te dan la oportunidad de conocer sitios con magia y leyendas o historias preciosas. Era la inauguración de la exposición «Málaga contemporánea», en el Museo de Arte Contemporáneo de Málaga, que se encuentra en una zona con mucho encanto. Después de la remodelación del entorno, ha quedado un lugar emblemático, lleno de historia. Allí está un restaurante y casa símbolo de una lucha titánica para que no desapareciera de la historia de Málaga una calle tan pintoresca, tal y como indica el nombre que lleva el restaurante, La Odisea.

Mil veces pasaba por ahí y veía la terracita con turistas y foráneos en tertulia y de relax, disfrutando del entorno tan bello. También más de una vez mis hijas me animaron a que fuera, pero por aquello del destino ha sido ahora cuando descubrí la bella y triste historia de sus dueños.

Una pareja joven, simpática y con dos hijos llevaban aquel bonito restaurante. Fue el destino también quien nos trajo la pandemia y, con ella, el sufrimiento para todo el mundo, para este país y para este lugar bello y entrañable de la historia de Málaga. La pareja murió con tres meses de diferencia. Cuando se pudo volver de nuevo a una relativa normalidad, el restaurante abrió sus puertas, con la ilusión de seguir en aquella lucha que comenzaron los dueños. Hoy siguen rindiéndoles homenaje a ellos los que allí trabajan.

Lleno de recuerdos, de detalles bellos, de barriles de buen vino malagueño y el etéreo y sutil sueño de sus dueños, que viven allí, en su patio, en su salón y en la terracita desde donde se contempla el parque, el puerto, la alcazaba, el ayuntamiento.

La Coracha, La Odisea y sus recuerdos.

25. La leyenda

Las leyendas existen, las creamos y hacemos nosotros. Quiero contaros una que descubrí de casualidad y que nunca oí, pero que tiene un fundamento y una verdad.

Era un bonito día cercano ya a la Navidad, ella se sentía gorda, pesada, y su bebé no se decidía a nacer. Así que caminaba y caminaba, era lo que todos le decían. Le gustaba pasearse con su perrita, ambas iban despacito por los paseos de la alameda. El agradable sol que le daba en la espalda aliviaba su cuerpo, un poco cansado ya por el peso. La perrita se distraía oliendo y marcando, como suelen hacer los perritos, y ella gozaba de la dulce espera, aunque ya con impaciencia. Los días transcurrían con la normalidad de esos días antes de un parto, con nervios y ganas de que todo suceda.

Aquel día estaba totalmente entera, nada hacía presagiar que fuera a pasar. En su paseo cambió la ruta, se encontró con una amiga y caminaron hacia el barrio de Padre Jesús y la fuente de los ocho caños. Llegó más cansada su amiga que ella. Pero al llegar sintió la necesidad de mojarse las manos con el agua fresca que salía de sus caños, y refrescó su cara con aquella agua fresca. Luego volvieron subiendo ahora la cuesta, charlando tranquilas y sin prisas. La perrita no dejó de ladrar y corretear. Se despidieron y su amiga le dijo:

—Mañana ya me dirás si es niño o niña.

Ella se rio y contestó:

—Ojalá mañana ya lo sepa, pero presiento que al final el médico va a tener razón y nacerá el 30 de diciembre.

—Yo creo que no, que será mañana 16 de diciembre —sentenció su amiga.

Aquella tarde comenzó a sentir más contracciones y a las cuatro de la madrugada del 16 de diciembre nació un precioso bebé. Ella comentó a las enfermeras su paseo y cómo se mojó y bebió de la fuente en los ocho caños. Y ellas le dijeron:

—Claro, esa es la leyenda. Muchas mujeres, en sus paseos, beben y se refrescan en la fuente y el niño nace al día siguiente.

Ella se dio cuenta de qué quería decir su amiga. Y sonrió pensando en la bonita leyenda del agua de la fuente que ayudaba en la llegada de los bebés en nuestras tierras rondeñas.

26. La llave

Por tres veces sonó el timbre de la puerta, por tres veces. Ninguna tuvo respuesta. Dentro reinaba el silencio y la oscuridad. La llave estaba donde siempre, bajo las piedras de la jardinera que adornaba el rellano de la escalera. La cogió y abrió. Solo pensaba en cómo iba a encontrar la casa después de tanto tiempo y dónde podría estar su hermano aquella mañana. Fue abriendo ventanas y puertas a su paso por el largo corredor, que llevaba a la estancia más amplia y bonita, el salón. Su corazón latió con fuerza, sintió el peso de los recuerdos vividos, que a pesar de todo eran bellos.

Se dio cuenta de que su hermano no vivía allí, por eso no estaba. Sonó el móvil, era un mensaje de él. Se disculpaba por el retraso, llegaba en un rato. Se alegró, así vería con calma y a solas la casa. Entró en la habitación de sus padres, todo ordenado, todo en su sitio. Sintió la mano de su madre en todo. Detrás de la puerta estaba colgada su bata azul de flores, todavía tenía su olor. Lloró. Lloró por el tiempo perdido, por las palabras que no dijo, por tantas ausencias, por aquel viaje, el último, sin su beso de despedida.

Fue recorriendo todas las habitaciones, su dormitorio, su esencia, sus raíces, de alguna manera. Libros, fotos, regalos y sus cosas. La cocina, aquella cocina que siempre olía a hierbabuena, a limón y canela, a hogar. La mesa redonda donde tantos buenos momentos había tenido. Se sentó y tomó despacio el café que se preparó mientras recordaba su pasado.

27. Señorita Paqui

Cuando yo estudiaba en el colegio La Inmaculada en Ronda y hacía bachiller, teníamos las clases por la mañana y por la tarde. No eran jornadas intensivas como ahora. Por las tardes teníamos las asignaturas más fáciles, por regla general. Recuerdo las clases de labores con la señorita Paqui. Ella nos leía mientras nosotras hacíamos nuestros muestrarios de costuras. Creo que ya entonces comencé a amar la lectura.

Recuerdo que nos leyó *Mujercitas*, *Heidi* y alguno más. Nos encantaban a todas aquellas tardes de lectura y costura. Al menos es la impresión que yo guardé y ahora, al recordarlo, me hace sentirlo así. También era muy habitual entre nosotras, entre clase y clase, ponernos a bailar sevillanas, verdiales o malagueñas. Disfrutábamos y aprovechábamos cualquier momento para hacerlo. Otra cosa que también hacíamos cuando llegaba el buen tiempo y se aproximaba el fin de curso era quedar las amigas antes de ir a clase y dar un paseo por la alameda. Estaba preciosa en esos meses, a finales de abril, mayo, junio. Ya entonces se nos hacían más cortas las clases, decíamos que era por eso, porque cargábamos baterías. Al salir ya eran más largas las tardes y se aprovechaba mejor el tiempo, así dábamos una vuelta antes de ir a casa. Después de todo, es bonito recordar esa época que nos marcó tanto en nuestra vida y donde se formaron las personas que somos ahora.

28. El barrendero

Trabajaba de barrendero en la zona más bonita de Ronda; para él era la más bonita, aunque es difícil elegir en Ronda una zona como la más bonita. Él barría, baldeaba las calles con esmero. Los jardines los limpiaba y cuidaba. En su carro, lleno de todas sus herramientas de trabajo, llevaba una bolsa donde metía lo que se encontraba: un chupete, un zapatito, una cinta de pelo… Incluso una vez se encontró una dentadura. ¿Quién puede perder una dentadura? Pero puede pasar, él encontró una, una vez. Siempre que pasaba por la zona del campillo ya avanzada la mañana, veía a una señora de cabellos blancos, pero de rostro joven, que plácidamente leía un libro sentada junto a los balcones que allí se encuentran y te dan unas maravillosas vistas. Ella nunca, aparentemente, lo veía en su quehacer diario, pero él sí se había fijado en ella.

Un día de buena mañana, bajo unas hojas brilló algo que le llamó la atención. Era una cadena con un medallón pequeñito de los que al abrirlos tiene una foto en su interior. Se fijó en la cara de la jovencita y quiso reconocer aquella cara, al menos el aire de la mirada. La metió en su bolsa de cosas encontradas y siguió su camino y su trabajo.

Pasaron varios días y vio a la mujer de cabello blanco como si buscara algo por allí donde se sentaba, caminaba mirando y buscando. De pronto pensó: «Ya sé de quién era aquella mirada». Se acercó a la señora y le preguntó, enseñando el medallón, si era aquello lo que buscaba. Y era aquel su medallón, pero no era ella, era su amada hija, que partió muy pronto y la dejó sola y apenada. El barrendero y la señora se hicieron amigos y ya nunca volvieron a estar solos. Dejaron de buscar, uno en su trabajo y ella en su mirada, la compañía que tanto anhelaban.

29. El abuelo

Tumbados sobre la colchoneta, miraban el cielo, hoy cargado de nubes con figuras caprichosas que ellos se empeñaban en averiguar. Qué maravillosos eran esos días de descanso en que subían al altillo y, tumbados, observaban el cielo a través del gran cristal del techo. Qué idea tan maravillosa tuvo el abuelo al construir así aquel altillo, donde apenas podía uno ponerse de pie por algunos puntos.

El abuelo era un amante de las estrellas. Él trabajaba en una gasolinera, siempre en turnos de noche, con lo cual siempre pudo observar el cielo en las noches claras y buscar estrellas, constelaciones y planetas. Fue autodidacta, devoraba los libros sobre el tema. Así que cuando construyó su casa le diseñó un altillo desde donde poder contemplar la luna en las noches frías y una gran azotea para el verano, donde tiraban colchones y pasaban bonitas veladas contando estrellas, cuentos y charlando.

Por eso, él ahora intentaba seguir con la tradición y llevaba a su hijo a buscar entre las nubes perritos, gatos, dinosaurios. Mil formas más caprichosas y bellas nubes. En los días claros era mirar las estrellas y buscar la que más brillaba, que era la casa del abuelo.

30. El fantasma

Seguía el movimiento de la cortina, acompasado y constante. La brisa que entraba olía a mar, estaba muy cerca y se sentía intensamente. Dormitaba en su amplio sillón, miró el reloj, era temprano. Le gustaban esas mañanas de domingo, sin planes, sin horarios, donde se dejaba llevar.

El reloj del pasillo comenzó a marcar las campanadas de las doce de la mañana. Se sobresaltó. Siempre lo tenía en silencio. «No lo había puesto en marcha, seguro», pensó. Le invadió una sonrisa. El fantasma. «Pues menudo es», y volvió a sonreírse para sus adentros. Repasó las ventanas. Todas estaban abiertas, solo dos deditos, y el reloj parado. Se disponía a salir y oyó voces en la entrada. No podía ser. ¿Quién era?

Se acercó rápido a la entrada, pero la pareja y el señor de la inmobiliaria pasaban de él, como si no existiera. Les gritaba e intentaba que salieran de su casa, pero era inútil, no lo veían, no existía para ellos. Les mostraba el piso, y ellos lo miraban todo con la curiosidad y la felicidad de haber encontrado el piso perfecto para ellos. En un arrebato, apagó todas las luces, y oyó decir al vendedor:

—Es el fantasma de la casa.

Se fueron y él se quedó solo y etéreo dispuesto a seguir dormitando en su sillón. Por unos momentos se había sentido vivo, él, que solo era un fantasma.

31. El bosque

Cerca de casa había un pequeño bosque de eucaliptos. Daba gusto pasear por allí. Había siempre una cierta penumbra que te invitaba a investigar nuevos caminos hacia la luz. El sol saltaba de hoja en hoja, de rama en rama, de árbol en árbol, y al final llegaba al suelo, donde dejaba su rastro de luz. Había mesitas de madera y bancos para sentarse y descansar contemplando el pequeño universo que nos rodeaba. Mi abuelo siempre nos dijo que fue su padre quien lo hizo con restos de ramas inservibles. Así que allí estábamos, cuatro generaciones que se fundían en aquel bosque. Tomar una fruta, comer bizcocho o simplemente beber un trago de agua era la mejor recompensa que teníamos.

Aquella mañana la luz era diferente, el aire era más denso y el olor más intenso. Era porque pasado y presente caminaban paseando por el bosquecillo de eucaliptos hacia el futuro. Así que seguí mi camino, saltando de sombra en sombra, intentando no estropear los rayos de luz. Respiraba y los pulmones se llenaban de aire fresco y renovador, y sabía que en ese preciso instante yo era feliz.

32. Noche serena

No podía dormir. Me levanté y por la terraza entraban unas parpadeantes luces azules. Un rumor de voces me dio curiosidad y me asomé a la terraza. La calle estaba cortada, varios coches patrulla de la Policía y las motos estaban en la calzada. En un ángulo desde el que yo apenas podía ver qué pasaba, policías y varios de paisano hablaban sin aspavientos, de forma pacífica. «¿Qué habrá pasado?», me preguntaba.

Eso solo fue la excusa para contemplar aquella noche serena. El cielo solo negro, sin estrellas, las nubes o la polución impedían verlas. Los edificios también parecían dormir. Las luces estaban apagadas, quizás en alguna planta se veía una o dos luces, que me hacían intuir que allí, al igual que yo, no dormían y vigilaban las calles y las aceras. A la señora del quinto del bloque de enfrente, el de la derecha, se la veía trajinar y cruzar de un lado al otro. Quizás hoy su marido no tenía buena noche. Pobre, qué lucha la que lleva ella sola, y nunca tiene un mal gesto o una mala cara. Solía coincidir mucho con ella. Tenía una forma muy dulce de decirme: «Niña, ¿qué pasa?».

En el piso de estudiantes hoy se ve que no tuvieron fiesta, pues todo estaba oscuro y en silencio. La última terraza siempre me gustó observarla. Estaba llena de plantas, bien cuidadas y armoniosamente perfecta. Se veían las luces en el mar de algún pesquero que volvía a puerto.

Ya no estaban las luces azules y el rumor de voces se perdió por las calles. Me fui a la cama a dormir y soñar. La luna llena nos miraba y vigilaba la ciudad y la mar.

33. El caballo balancín

Se colaba por la ventana un sol cálido y sereno. En el aire bailaban partículas de misterio. Sobre la mesa esperaba el cuaderno abierto, páginas en blanco donde volcaré mis sueños. Espero que tú un día puedas leerlo. Una ráfaga de viento movió el caballo balancín, miré esperando verte subido a él, pero recordé que ya no era tiempo.

Así comenzaba un escrito que había encontrado en un cajón secreto de una mesa de escritorio. Estaba en la calle, junto al contenedor de basura, abandonada, triste y sola. Yo vi cómo quedaría una vez restaurada.

Llamé a un amigo y la llevamos al garaje de mi casa. Allí quitamos el polvo y la limpiamos a la espera de que, con tiempo y tesón, volviera a su antiguo esplendor. La vida que ya tenía aquella mesa, lo que nos podría contar y lo que luego ese cuaderno nos fue contando. Retazos de sueños que vuelan en el etéreo rayo de luz que lanza el sol, atraviesa el cristal de la ventana y llena de vida la estancia vacía y solitaria.

34. La mendiga

Estaba sentada en el suelo, literalmente en el suelo. En el hueco de un cajero. Qué diferencia, los bancos con todo, y ella con una maleta y dos bolsas. Ella, que podía ser yo o tú. Sola, apenas con cuatro cosas, que irá dejando en el paso de los días por no poder seguir arrastrando esa pequeña carga para su pesada vida. Y pasamos indiferentes, cada uno con sus cotidianos días. Eso es lo malo, que ya nos acostumbramos a esa situación. Y nos creamos corazas y miramos y no vemos tantas injusticias.

De repente, un latigazo de realidad te golpea y te dice cómo de cruel es la vida para muchos.

«El rumor de las olas consuela su alma y la espuma del mar sana sus heridas. Y ella, triunfante y victoriosa, le planta cara a esa historia y a esa vida».

35. Las siete de la mañana

«Eran las siete de la mañana, más o menos. Siempre se despertaba a esa hora y se levantaba rápido, no le gustaba quedarse en la cama. Se asomaba a la terraza y la luz se colaba al fondo, detrás de los edificios. El sol llamaba a las puertas de aquella mañana. Respiraba ese aire fresco que te inunda de energías y su piel recibía el día de forma lenta y suave. Miraba el mar, que ahora tenía unas tonalidades desde el naranja al malva, y el azul verdoso al final de la gama de colores. Eran los rayos de luz del sol, que pintaban cada mañana un bello paisaje, diferente cada día. Hoy no había ni una sola nube en el horizonte. Se veía un velero que, anclado en la bahía, habría pasado la noche allí, esperando el día. Qué paz transmitía esa bella postal que la vida le regalaba todos los días.

En la cara opuesta del edificio, su amiga observaba igual que ella estas vistas, desde otro punto, pero igual de bellas».

Te entiendo, amiga. Yo siento lo mismo, paz y una carga de energías. Muchas veces pienso: «¿Qué escribo hoy?». Y sé que cualquier circunstancia, cualquier palabra me lleva a escribir, sin más. No hay que contar grandes cosas, solo el día, el momento, el segundo. Es lo importante. Lo cotidiano. Todos vivimos momentos mágicos a diario. Cuéntalo, escríbelo y sé consciente del regalo que es simplemente vivir.

36. Mi madre

Nunca pensé que en julio, cuando tomé un respiro de esta manía mía de contar historias, de unir las letras formando palabras, unas veces uniones acertadas y bonitas y otras veces no tanto, pero de eso mismo me nutro y aprendo. Pues eso, nunca creí que la primera toma de contacto sería para mi madre. Ella, que era un ser distinto y especial. Le gustaba contar, contar numéricamente —uno, dos, tres…—, y contar historias. Sus historias, sus «charranas», como ella decía. Las cosas que le pasaban, que eran cosas normales, pero con sus palabras y su carácter daba un aire distinto a todo, de risas y desenfado. Le gustaba el misterio y ocultarle a mi padre muchas de sus pillerías. Y es que él era único también, formal, luchador, emprendedor.

Pues eso, nunca pensé que lo primero que escribiera sería sobre el viaje de mi madre. Y miro al cielo y veo correr las nubes y pienso que van a unirse a aquella esquinita y oírla hablar de sus peripecias, y cuando llueva serán las lágrimas de risa al oírla.

Mis hijas piensan que yo me invento algunas palabras, pero son cosas que oí de ella, que ella decía y que no están en el vocabulario habitual. Pero creo que desde ahora las diré mucho más y las escribiré, y contaré su vida, que fue difícil y poco grata, por la posguerra que le tocó vivir no solo a ella, a todos los de su generación.

Ella contaba con todo el arte que su madre los acostaba para lavarles la ropa. Que tenían muy poco, pero que nunca les faltó de nada. Que su padre era cantaor y agricultor. Ella heredó lo del cante, pero el campo nunca le gustó.

Bueno, ya seguiré contando sus cosas, que de alguna forma son las de todos.

37. Recuerdos

El crujir de las hojas caídas marcaba de alguna forma el sonido de mis huellas. La luz suave hacía resaltar aún más la belleza de aquel paseo entre la arboleda. Los ocres, los tierras, verdes y el olor intenso a hierba fresca envolvían mis sentidos y mis pensamientos corrían como cuando era niña por aquella alameda.

En el cielo las nubes formaban figuras y formas muy bellas, bandadas de patos y pájaros viajaban a otras tierras. Mi abuelo siempre me decía: «Nena, oye el cuento que cuenta hoy la tierra». Según él, cada día nos cuenta algo distinto, historias y cuentos que vuelan entre las hojas y que se prenden a los troncos de los árboles para que el paseante oiga las leyendas.

Él cada día era capaz de contarme una historia bella. Todas distintas, todas verdaderas. La naturaleza te habla, solo tienes que oírlo. Ese era su mensaje, y sus vivencias. Recuerdo su mano cogiendo la mía, mirando, observando y disfrutando de todo lo que nos rodeaba.

Ahora yo paseo, cojo la mano de los recuerdos y todos los que partieron me guían y me cuentan historias vividas.

38. El tren

Hoy esperando el cercanías me asaltaron mil recuerdos. Recuerdos de años cogiéndolo para ir al trabajo. La sorpresa, curiosidad, novedad del principio de montar la tienda y su apertura. Conocer a gente nueva, compañeros que aún conservo a pesar del cierre de la tienda.

Hoy nos encontramos algunos para tomar un café, y vuelvo a coger el tren. Vuelvo a esta manía mía de escribir, de juntar las letras y contar historias. Aquí empezó, camino del trabajo. Historias que duraban trece minutos de escritura, de fantasía expuesta, pues trece minutos duraba el trayecto, igual que hoy. Suena la megafonía y anuncia la primera parada, y la voz de la grabación me hace soñar que voy a trabajar, que entro a las diez. «Hoy será un gran día», me decía yo siempre, y solía serlo. Creo que tuve el privilegio de trabajar con el mejor equipo de seres extraordinarios que existe. Y de todos aprendí algo, y reí mucho. Fui feliz en mi trabajo.

Vamos llegando y se terminan mis trece minutos de recuerdos, de trayecto, de historia escrita en mi móvil. Hay nubes y el cielo asoma azul aquí y allá. Pasamos el vivero de plantas y veo el edificio de plaza Mayor. Suena la megafonía y me bajo. Termina mi historia y comienzo mi encuentro con mis compis. No están todos, eso es bueno. Hay muchos ya trabajando o estudiando.

39. Abrió los ojos

Abrió los ojos, pero le costó ver algo. Tuvo que pasar un buen rato para poder mirar con claridad lo que le rodeaba. El color amarillo de la pared era intenso, contrastaba con la madera de los muebles, oscura y formal. Le costó sentarse en la cama; de hecho, tardó un buen rato para poder hacerlo. Al levantarse y pasear un poco por la habitación, de alguna manera sintió que le pertenecía, que era suya. Los marcos con fotografías le descubrían un mundo que le costaba reconocer. No sabía quiénes eran esas personas que la observaban pasear algo torpe y desconcertada. Pero si hubo algo que le hizo dar un salto y que su corazón se disparara a toda prisa fue aquella persona de pelo blanco y mil arrugas en su cara. La miraba tan asustada como ella.

Se pegó contra la ventana y se tranquilizó, desde allí no veía el espejo, que lo único que hizo fue reflejar su cara, su mirada. Por la ventana vio como los árboles comenzaban a perder sus hojas; los amarillos, ocres y naranjas llenaban la acera de una tibieza especial. Sintió tranquilidad. Le gustó lo que vio. Pasó un coche a toda velocidad tocando el claxon, pero esto no la alteró. Sintió que la puerta se abría tras su espalda y, al girarse, una imagen y una voz suave acariciaron de alguna manera su alma.

—Buenos días. ¿Ya despierta? Muy bien.

40. Días de Navidad

Hoy no sé por qué recuerdo los días de Navidad. Quizás porque serán distintos y por primera vez serán unas Navidades huérfana de padres.

Aquellas Navidades de mi infancia tan especiales en las que mis hermanos y yo buscábamos dónde podrían estar escondidos los regalos. Y la emoción de encontrarlos. Un año de aquellos recuerdo una muñeca muy bonita, pero ya poco atractiva para mí por la edad que yo tenía, quizás unos trece años. Pero ahora, al pensarlo, sé por qué mi madre compró aquella muñeca. Mi madre nunca se ocupó de esas cosas, pues era mi padre quien lo hacía. Ella quizás vio en aquella muñeca reflejada su infancia, sus Navidades. En aquellos tiempos, en su casa pocos Reyes había, pero ella contaba con mucha guasa y sin ninguna tristeza que un año le compraron una muñeca de cartón, lo normal y la última moda de la época. Lo feliz que fue con su muñeca y lo pronto que esa dicha se convirtió en llanto, pues como niña que era con ganas de jugar, la cogió y la lavó en el río, donde en un momento se deshizo y se fue corriente abajo, junto con las lágrimas de una niña que no entendía qué había pasado. Pero también es cierto que ella, al recordarlo, lo hacía feliz y disfrutando aquellos recuerdos del pasado que luego con el tiempo fue olvidando.

Aquella muñeca de cartón con carita sonrojada hoy la recuerdo yo para que jamás se borre su pasado.

41. El maestro del olvido

Peinaba su cabello. Cada vez que pasaba el cepillo se relajaba un poco más. Ella estaba ausente, la mirada perdida y la sonrisa olvidada en algún momento del pasado. Así estaba ella, su hija, peinando su cabello y recordando un tiempo no tan lejano, cuando a ella la peinaba su madre. Siempre chillaba, pues le hacía daño; su pelo se enredaba mucho. Ponía colonia y volvía a pasar el cepillo, muy suave, con miedo de que un tirón la despertara de ese sueño de olvido de recuerdos. Luego cogió la crema y frotó sus manos, las acarició y masajeó de manera suave. Siguió pensando qué suerte tenía de no recordar nada, pues a ella le dolía mucho no poder verla. Sabía que, en cambio, ella no sufriría nada. Siguió poniéndose la crema y soñando ponerla.

42. El colegio

Ese olor de las virutas de los lápices de colores al sacarles punta. El olor a goma de borrar, a tizas, a papel. Esos olores que a todos nos acompañaron durante años en la infancia. Transportarnos a las mañanas de sueño y camas que nos abrazaban y no nos dejaban comenzar las mañanas de forma rápida y alegre. Pero una vez liberados de esas cadenas, corríamos a la fila de la clase en el colegio, a sentarnos y ordenar nuestro pupitre. La ventana abierta por donde entraba el sol y el aire del mes de junio, que ya olía a vacaciones. Los últimos deberes y exámenes que nos prometían ya la liberación de aquellos quehaceres algo desagradables. Los preparativos de la fiesta de fin de curso, con sus tablas de gimnasia, sus bailes y teatro. Y, por fin, la despedida y la recogida de notas. Despedida de amigos que retomamos muy pronto de nuevo. Esas notas que nos hacían sentirnos felices o tristes, según el resultado.

Todo eso venía a mis recuerdos aquella bonita mañana de junio. Al abrir la terraza, me llegaron los olores de los recuerdos.

43. Cuentos

El agua cantarina del arroyo contaba batallas vividas por duendes y hadas en la espesura del bosque. Los árboles subían hacia el infinito, buscando la luz del sol. Abajo, cerca de las rocas y el agua, la penumbra recorría los caminos. Más arriba, donde el canto de los pájaros hacía compañía al murmullo del viento entre las hojas de los árboles, la luz era más intensa y radiante.

Con mano firme guiaba su caballo caminando despacio al lado del riachuelo, por el camino hacia la verde pradera. Cuatro pasos por delante, el perro olisqueaba y no paraba de mover su colita, contento y feliz por aquel paseo. Sintió de repente un helado viento que erizó su piel y le cortó la respiración. Algo había pasado. Recordó la leyenda de las hadas del bosque que pasean en la tarde, cuidando de todos los ciudadanos. El sol pronto se escondería tras la espesura del bosque y debía darse prisa en llegar a su casa.

Llegó ya entrada la noche. Apenas estaba la luz de los candiles en las calles. Llevó su caballo a la cuadra, le puso agua y comida, y junto a su perro entró en su casa. Era de piedra, de grandes muros y ventanas muy pequeñas. Se acomodó junto a la chimenea y se dispuso a soñar.

44. Margaritas

En su puerta siempre había margaritas. Su casa tenía un pequeño jardín. Lo separaba de la acera una pequeña verja de madera azul. Un azul intenso que resaltaba aún más las blancas paredes de la fachada. La casa era la vivienda familiar, ya hacía casi los cien años. Una casa llena de vida. Ella la heredó y vivía ahora en ella. También le venía de su abuela el amor por las plantas, por las margaritas. Siempre hubo margaritas en el arriate de la entrada. Hoy ella cuidaba y regaba aquellas flores y plantas.

El sol aún no lucía intenso, y nubes blancas luchaban en el intento de ocultarlo. El aire fresquito de la mañana presagiaba un día muy agradable. Feliz, pensaba que pronto llegaría el verano y su jardín luciría perfecto. Miró sus margaritas y pensó que ellas también debían de ser muy felices en aquel jardín. Se las veía radiantes y bellas, levantando sus caritas al sol.

45. Colorear

Todos los días a la misma hora se sentaba en su mesa a colorear. Su madre le había preparado una mesita junto al balcón, allí tenía sus lápices de colores, libretas, cuentos y todo el material del que disponían para pasar otra tarde divertida. El pegamento, las tijeras, todo colocado en su sitio. Las cartulinas las tenía de todos los colores, con dibujos, a cuál más bonito. Estrellas, lunas, animales, flores, todo un dispendio de material sobre aquella mesa. Las horas allí pasaban volando y siempre, al final de la tarde, enseñaba su trabajo. Colecciones de vestidos para sus muñecas de papel, que dibujaba, recortaba y pegaba según le hiciera falta. Todos los días algo nuevo y emocionante.

Aquella tarde había dispuesto una gran cartulina blanca, que poco a poco se fue llenando de color. Árboles, flores, riachuelos, pájaros de colores…, todo fue llenando aquel papel.

—¿Qué haces hoy? —preguntó su madre.

—Hoy estoy haciendo un bosque, para que luego paseemos —le dijo sin levantar la vista del papel.

—Muy bien, mi vida. Luego pasearemos.

El traqueteo de la máquina de coser ponía la melodía a aquella tarde de invierno. Por el cristal del balcón corrían las gotitas, dando un aspecto de frío intenso. En el cielo muy oscuro, de vez en cuando se asomaba la luna, curiosa. Y de la cocina salía olor a pastas y chocolate recién hecho.

46. El ventanal

Delante de aquel enorme ventanal veía la vida pasar. Todas las mañanas tomaba café sentada observándolo todo, a la vez a ella la observaban desde el autobús que tenía allí su parada. Ella la veía allí, con la mirada perdida y tomándose su café. ¿Quién sería aquella chica? Dos almas que cruzaban sus miradas y sus vidas cada día.

Un día se bajó en aquella parada y entró en la cafetería. No se atrevió a hablarle, solo la miró en silencio y esperó paciente a que se girara. Pero siguió mirando a la calle. Se veía una chica alta, estilizada y muy bella. Siempre solía llevar un moño alto y algo desordenado, que aún le daba más encanto. Pensó: «El próximo día me sentaré en el ventanal, junto a ella, y podría preguntarle algo y así entablar conversación». Al llegar, su sitio estaba vacío. Se sentó allí, justo al lado, y se dispuso a esperar.

Oyó un saludo, no quiso girarse, pero sabía que era ella. El camarero le indicó que su sitio estaba libre. Lo primero que vio fue su bastón blanco. Lo plegó y guardó en su bolso y se sentó mirando a la calle.

—Hola, soy Helena. Te veo aquí sentada todos los días. ¿Te importa que te acompañe?

Se fundieron en una conversación que duró toda la tarde.

47. El Día del Libro

Estaba nervioso, mucho. Siempre le gustó aquel día tan especial. Su abuela lo recogía por la tarde y juntos hacían un paseo corto pero muy bonito. Ella le iba hablando por el camino, preguntándole qué idea tenía aquel año. Algún año había llevado su chuleta con lo que iba a buscar o lo que quería. Este año no tenía una idea clara. «Algo que me guste, abuela. No sé, ya vemos». La pequeña manita se perdía entre la mano de su abuela, llena de amor, arrugas y pasión por aquello que a ambos les hacía tan felices.

Al llegar ya el escaparate le atraía de alguna manera, un pequeño burrito lo llamaba insistentemente. Ese sería el libro que pediría aquel año a su abuela. Era una edición infantil de *Platero y yo*, con bonitas ilustraciones, muy adecuadas a su edad. La abuela le habló por el camino de su autor, y él ya deseaba llegar a casa y leer aquella historia de un burrito muy bello. Tomaron churros y miraron el tajo desde el puente nuevo. Él deseó volver otro año más, y su abuela poder compartir aquella ilusión de elegir otro libro para soñar. Feliz Día del Libro.

48. De alas y viento

Deja que te preste mis alas. Las hice de mar y viento. De rocío y espuma de mar. De espliego y lavanda. De besos y abrazos. De trocitos de recuerdos.

Deja que te preste mis sueños, regalarte sonrisas y fotografiar los momentos. Pasear por playas desiertas donde el sol nos guíe y las gaviotas nos acompañen en sus vuelos. A lo lejos se acerca un velero de velas blancas, silba su bocina y te dice que va llegando a tu puerto. Y tú, mariposa sin alas, quieres levantar el vuelo para ir a su encuentro.

Me miras y me pides vista con esas alas de colores, que te fabriqué con flores. Y yo vuelo, corro y te las ato a tu silueta frágil de cuerpo de mariposa. Deja que te preste mis alas para que vueles alto y lejos.

49. París

La luz de París aquella mañana inundaba el ambiente de un brillo muy especial. Al menos así lo veía ella. La primavera se había adelantado este año y todo lucía precioso, como diría su amigo, muy bucólico. En la plaza de Montmartre, la que está justo al lado del Sacre Coeur, ya habían cogido sus lugares los pintores que vivían de los turistas, que compraban sus pinturas y caricaturas. También las terrazas de los restaurantes lucían perfectas con sus manteles, dispuestos a comenzar otra jornada de trabajo trepidante.

Miró el reloj y vio que aún era temprano. Pasearía entre los turistas, sorteándolos, y buscaría algún recuerdo en aquellas tiendas de artesanía. Su paseo, relajado y colorista, la puso aún de mejor humor y sintió que era muy feliz en aquel momento, paseando por aquellas calles y disfrutando del arte, la magia y la luz de París. Luego se sentó un ratito en las escaleras que, delante del Sacre Couer, te ofrecen París a tus pies. Ves perfectamente los barrios y sus calles, que viven la vida y el día a día. Y al fondo, la Torre Eiffel, que vigila la ciudad y señala altiva su lugar cerca del río.

Respiró fuerte y llenó sus pulmones de primavera, de luz y buen tiempo, dispuesta a disfrutar de ese momento. Luego ya se vería qué traería el próximo segundo.

50. El mar

El día estaba gris, la bruma y la calima hacían que la luz fuese extraña y débil. El sol se empeñaba por deshacer aquel ambiente, algo extraño y brumoso, pero no lo conseguía. El mar bravo estrellaba sobre la arena sus olas de espuma, violentas y furiosas. Y él clavaba una y otra vez sus pies en una orilla de piedras llena. Miró al horizonte, y las grúas del puerto se alzaban desafiantes, haciendo un gran contraste con el paisaje gris aquella mañana.

Volvió a tirar la pelota con fuerza y su perrito, Turco, volaba prácticamente para cogerla y ponerla de nuevo a sus pies. Por un momento creyó verla de pie, con la mirada perdida buscando quizás consuelo, en la distancia que el espacio le ofrecía. Pero no, no era ella. No había nadie. Seguía la mañana, la playa y su vida un tanto desierta.

Conforme se acercaba el final del paseo, se armó de valor y se dijo: «Tengo que pisar la acera con fuerza, sin pensamientos grises. Tengo que relucir, aunque al sol le cueste hoy hacerlo». Tenía otro día nuevo, lleno de vida, que esperaba solamente que él lo viviera. Pues es eso la vida, vivir apurando al máximo la vida en sí.

51. El libro

Me fui desprendiendo una a una de las hojas que me ataban a la monotonía de la vida. Fui soltando todas mis ataduras, mis recuerdos, mis alegrías. Y mis ramas quedaron desnudas y dispuestas a abrazar al viento, a los susurros que anidaban entre las pequeñas ramas. Y preparé mi alma para la llegada de nuevo de la vida...

Así comenzaba aquel libro, lo había leído en dos días, buscando tiempo donde no existía. Con los nervios en el estómago y en todo su cuerpo, se dirigía hacia la librería que se encontraba en calle Nueva; allí Lucía tenía la presentación y la firma de ejemplares.

Habían pasado más de veinte años desde que se despidieron aquel día en El Pimpi. Cuántos recuerdos. ¿La reconocería? ¿La conocería ella? Lola pensaba que ella había cambiado poco, pero...

Estaba también la incertidumbre de no saber si se verían todos, aquellos amigos de universidad que hacía tiempo que no se veían. Los años habían pasado y las circunstancias de cada uno también habían cambiado. Cada uno tenía sus vidas y apenas coincidían, y aquella noche cenaron juntos y se pusieron al día. Eso era lo que Lola deseaba, reencontrarse, hablar y contarse sus cosas. Pero tampoco era seguro que se encontraran.

Ella empujó aquella puerta con muchas esperanzas. Al fondo estaba, tras una mesa, Lucía. Parecía que no había pasado el tiempo. Se miraron a los ojos y supieron que todo y nada había cambiado.

52. Un puesto de trabajo

Tardó en encontrar el móvil, pero lo hizo y contestó. Esa llamada iba a cambiar su vida. Ella aún no lo sabía. Entonces estaba trabajando en el parque tecnológico como teleoperadora. Últimamente, había encadenado varios trabajos uno detrás de otro. Ni recordaba cuándo había presentado el currículo. Pensó que sería aquella oferta que venía en el periódico y su hija mandó sus datos y los de ella por si la llamaban. Ella estaba tranquila, tenía un mes de trabajo. Si luego la cogían, pues seguiría trabajando.

El paseo aquella tarde de finales de abril estaba precioso. La luz era perfecta, se reflejaba en el horizonte dividiendo el cielo de la tierra. El mar tranquilo acariciaba la arena. Le vino bien aquel paseíto y olvidó la entrevista. Sería otra de tantas, pensó. Quizás fue aquella tranquilidad que llevaba, esa curiosidad por vivir otra experiencia nada más, lo que hizo que le saliera genial.

Sentada en aquel salón observándolo todo, se sentía relajada, feliz de alguna manera. No fue a por el puesto, simplemente se dejó llevar siendo ella misma. Lo pasó realmente bien esa tarde, fue pasando las distintas pruebas. Ya en la última le dijeron que, con una probabilidad del 99,99 por ciento, ella formaría parte de aquella plantilla y que en unos días la llamarían. Salió igual de feliz que entró, relajada y deseosa de pasar el resto de la tarde tranquilamente, sin más. Tenía una buena racha, se decía. No tenía dolores. Económicamente, no sobraba, pero tampoco faltaba. Estaba bien. Su hija trabajaba, estudiaba y estaba feliz, al menos eso sentía ella. Por fin las cosas iban encaminadas, pensó.

Hoy la mar andaba revuelta, las olas grandes y espumosas salpicaban sobre las piedras del paseo y los gatitos que allí vivían habían huido a esconderse en los jardines cercanos. Puso comida que solía llevar en el bolso y salieron los habituales, rápidamente, sin miedos. Luego volvió sobre sus pasos y se encaminó hacia su casa. Miró el reloj, vio que no era tan tarde, así que siguió caminando despacito y tranquila.

53. Mi hermano

Los dos hermanos siempre disfrutaron del mar. Lo tenían a dos pasos de casa, como quien dice. Ella si se sintió menos sola y de alguna forma más feliz en Los Ángeles fue por el mar, que aunque estaba a casi veinte minutos en coche, lo tenía muy cerca relativamente y sus escapadas siempre eran para pasear por las playas. Solía hacerlo por el muelle de Santa Mónica. Le gustaba aquel bullicio que tenía siempre. Se sentía en casa, pues el español se oía mucho allí. Las tiendas, los bares, la noria y el parque le gustaban. Aquel paseo de madera con sus barandillas le brindaba un escape precioso. Las gaviotas y las olas del mar le hacían sentirse en su Málaga.

El día estaba luminoso y muy claro, la temperatura era agradable, daba gusto pasear. Ella y su hermano se ponían al día de muchas cosas.

—Vito, ¿tomamos algo?

—Sí, pero, Luis, mejor en el chiringuito que está junto a la torre Mónica. ¿Está aún allí?

—Sí, vamos.

Y ambos siguieron conversando riendo, como dos chiquillos que se encuentran de nuevo después de una tarde de aventuras, como si el tiempo no hubiera pasado para ellos.

El sonido del mar relajaba a Victoria, que cerraba los ojos y respiraba profundo, intentando llenar sus pulmones de mar y paz. No quería llorar, y pensaba en lo rica que estaba esa cervecita allí al sol del otoño y al lado de su hermano, su querido hermano. Luis no pensaba, no sentía, apretaba los dientes fingiendo una eterna sonrisa que cada día le costaba más.

54. La lectora

Subió despacio cada escalón hasta la tercera planta. El ascensor no funcionaba. Iba pensando en lo que le esperaba tras la puerta. La habían llamado el día anterior para aquel trabajo. Era un piso amplio, muy luminoso, con una gran terraza frente al mar. Pensó que era un bonito lugar, preciosas vistas. En la terraza, en una gran butaca, estaba sentado alguien. No se le veía, solo una mano, fuerte y con arrugas por el paso de los años. Comenzó a leer, le temblaba la voz. Pensó que tenía que tranquilizarse. Respiró hondo y comenzó de nuevo. Trató de dramatizar y dar énfasis a la lectura.

Escribo en los últimos papeles carmesí de cuantos saqué de la cancillería de la Alhambra…

Así comenzaba el libro que tenía que leerle a su enigmático oyente, *El manuscrito carmesí* de Antonio Gala. A ella le gustaba mucho leer a Gala, así que se sintió cómoda haciéndolo. Pasados unos minutos, estuvo relajada y la lectura se hizo fluida y amena para el lector y el oyente.

Más de media hora estuvo allí sentada leyendo. De pronto la butaca se giró y dejó ver al oyente. Lo comprendió todo. Aquel libro se lo regaló su madre hacía ya muchos años, era un libro que a ella le gustó mucho. Ahora no era capaz de leer ni de recordar. Por eso en aquel sueño ella leía a su madre sin verla, leía su libro favorito. Ahora, que ni podía verla ni oírla ni mirarla aunque fuera desde lejos.

Cerró los ojos e intentó seguir soñando.

55. La parada

Miraba el paso del metro, totalmente sola. La campanita sonó anunciando la apertura de las puertas. Nadie bajó, nadie subió. Ella esperaba el que en breve pasaría en la otra dirección. La importancia que tiene en la vida la dirección que tomemos en algún momento. Llegó rápido, ahora sí bajó un chico con mochila y gorra. Ella subió y se sentó en un lateral. Le gustaba ese sitio, cerca de la puerta, solía sentarse allí siempre que estaba libre.

La pantalla anunciaba la siguiente parada. Más de uno miraba contando cuántas paradas quedaban para su llegada. Muchos eran los que, como ella, iban de médicos; sus bolsas con radiografías e informes los delataban. Muchos más a la universidad, sus mochilas y sus libros y carpetas en las manos te lo decían. Y el móvil, siempre el móvil. Con rapidez movían sus dedos, poniendo mensajes y viendo información. Ahora es la tónica, tener un móvil en las manos. Contamos y fotografiamos la vida momento a momento. Miramos una pantalla sin mirarnos a la cara. Contamos escribiendo, sin dirigirnos la palabra.

En esos pensamientos estaba cuando llegó a su parada. Se abrieron las puertas entre el sonido de la campana. El aire fresquito le daba en la cara y el murmullo de la vida le decía que todo iría bien. Todo pasaría y pronto olvidaría el proceso que hoy comenzaba. Apretó los dientes, se ajustó la mascarilla y recorrió el camino que delante le esperaba.

56. Moteros

Delante la carretera, sinuosa, con poco tráfico y el sol sobre nuestras cabezas. Circular despacio, saboreando las vistas. Pinos y molinos de viento, altos, esbeltos y blancos, con sus tres brazos al aire. Aires del sur que me van envolviendo y van tranquilizando mi alma revuelta de mañanas oscuras. Suenan melodías en mi mente y el azul del cielo ahora se va tiñendo de nubes blancas y esponjosas, etéreas. Miro y veo vuestras motos, roja, gris, otra gris, la blanca, detrás la negra, la verde y, al fondo, la azul; siempre al final la azul, vigilante y protectora, silenciosa.

Ahora, una parada, unas risas, unas fotos, unas copas que se levantan en un brindis por una buena ruta y la amistad. Las curvas impiden ver el horizonte, el verde de los pinos nos cobija y hace sombra para que soñemos con historias venideras que nos elevan los deseos. Al bajar, allí está el pueblo blanco, pequeño, sereno con su campanario de piedra.

Vamos bajando, el sol ahora nos va calentando la espalda y seguimos en silencio. Se cruzan los rebaños de cabritas, que saltan alegres y siguen comiendo el pasto y las hierbas de las cunetas. El perro y el pastor controlando el rebaño y nosotros llegando a nuestro puerto, no de mar, sí de campo y viento.

57. Cangrejos

Se notaba que el verano se acercaba. En el patio se sentía su llegada. Las siestas eran más largas y el silencio y la armonía duraban más. También las buenas noches después de las cenas se compartían, se vivían y sentían diferente. Y las sillas eran las que se sacaban al fresquito, y los cigarrillos y los refrescos sabían mejor. También los sábados y domingos preparaban bocadillos y todos iban al río; quedaba cerquita, relativamente. Allí se daban un bañito, jugaban y cogían cangrejos.

Los niños eran expertos en cogerlos, se ocultaban bajo las piedras y junto a las adelfas. Competían a ver quién cogía más. Luego, ya en casa, los cocinaban y comían entre todos. Eran grandes y se ponían muy rojos una vez cocidos. El paseo era grato, todos charlaban y reían, deseando llegar y darse un baño.

Había un recodo en el curso del río donde hacía una buena poza para el baño. Había unas rocas desde donde se tiraban al agua los más osados, mientras las madres regañaban para que no lo hicieran. El «baño de los hombres» lo llamaban. Aquellos críos se creían y sentían hombres. En sus latas llevaban los cangrejos cogidos en el río. Cangrejos rojos y grandes que anunciaban la llegada del verano, de los baños y paseos entre juncos, azaleas y rastrojos. Días felices de infancia que se grababan en la memoria de los chicos del patio.

58. Juan

Los golpes de bastón en las piedras del patio anunciaban que Juan se disponía a ir a pasear con su boina, bastón y chaleco, del cual colgaba la cadenita del reloj, el último regalo de su amada. Él vivía solo, aunque sus dos hijas vivían muy cerquita. A él le gustaba ir a diario a la casa de ellas. Por la mañana iba a casa de Fefi, desayunaba con ella y los niños, sobre todo en verano. Luego muchos días se iba con ellos a la alameda a dar de comer a los patos.

Al mediodía ya tocaba ir a casa de Auxi, que tenía dos chicas, y comía con ellas. En casa de Auxi se comía muy temprano, por lo que él prefería comer allí. Él tenía unos hábitos muy regulares y le costaba cambiarlos. Se casó muy joven, con apenas veinte años. Su cojera por la polio lo libró del servicio militar y como trabajaba con su padre en una zapatería, donde venía gente de toda la serranía a hacerse y arreglar sus zapatos, pues económicamente estaba bien, sin lujos pero bien. Aquella casa se la compraron a una tía suya que se mudó a otra, y ellos se quedaron con ella por un buen precio. Josefa, su mujer, la tenía preciosa, blanca y reluciente, con macetas en las ventanas y cortinas de alegres colores. Josefa ya hacía casi diez años que faltaba. Pero él llevó bien su ausencia. También ayudó tener a sus dos hijas muy cerquita, que estaban muy pendientes de su padre, no lo dejaban.

En las tardes de verano se sentaba en los balcones miradores de la alameda y observaba a los jóvenes pasear sus amores por aquel bello entorno, y él recordaba su juventud y a su querida Josefa.

Y aunque al principio pedía irse con ella, el tiempo suavizó su dolor y se resignó a que fuera cuando Dios quisiera.

59. El principio

Se levantó y, medio dormida aún, se acercó a la ventana. Apartó la cortina y miró a través del cristal. Este estaba frío de la noche, que fue muy fresquita. En la cocina se oía el trajín de su hija, que preparaba el desayuno. Abajo la calle aparecía desierta, algún viandante apresurado cruzaba de acera corriendo hacia el trabajo, quizás. Olió el café recién hecho y con pasos cansados se fue a la cocina. Su hija no paró de hablar, de dar órdenes para la semana, para el mes y para la vida. A estas alturas se habían intercambiado los papeles, ella parecía la hija…

Sus recuerdos iban y venían. Los años habían pasado muy rápido. Y pensar que en aquel mismo espacio había estado su casa, había vivido en su niñez… Ahora era un moderno edificio; eso sí, solo de tres plantas. Al menos habían tenido cuidado en eso. Pero la esencia de la convivencia en aquel patio vecinal había desaparecido. Vivía quizás en los recuerdos de aquellos vecinos. Ella tenía bonitos recuerdos de aquella infancia de espacios, juegos y recuerdos compartidos.

Su hija ya se marchó a media mañana, ahora estaría sin venir un tiempo. Pensó que era afortunada. Se sentía bien, con ganas de afrontar aquella nueva etapa de su vida. Ahora, ya con todo ordenado, colocado y con muchas cosas nuevas, su día a día sería agradable.

Eso no quitaba que la nostalgia la invadiera, pues eran muchos recuerdos los que la asaltaban. Cuánto había cambiado la vida. Cuántas cosas le tocó vivir. Cogió una mantita por si le daba frío y se sentó en su terracita, era lo que más le gustaba de aquel piso nuevo. Ahora daba el sol y se estaba muy a gusto. Se puso la manta sobre las piernas y miró aquel cielo azul, donde pintaba alguna nube que corría rápida hacia el horizonte. Desde lejos vio a una pareja que se besaba apasionadamente.

Y volaron su mente y sus recuerdos a aquella calle, la suya, pero muchos años atrás. La calle y aquel patio de vecinos donde vivió feliz y sin miedos, sin soledades.

60. Un libro

Los libros ordenados en la estantería miraban al salón en busca de manos que los tocaran, ojos que los miraran y mentes que interiorizaran sus vivencias escritas. Al igual, miraba ella qué leer aquel día festivo y de relax, ya de una incipiente primavera que llegaba rápida y ligera.

El parque y la alameda se vestían ya para la inminente fiesta, fiesta de colores y olores que se dan por estas tierras. Se detuvo en un canto de cartón rojo y letras negras. Entonces llamaron a la puerta. No sabía quién podría ser, quién venía. Con pereza se fue a contestar la llamada. Al abrir, en el suelo había una maceta. Era grande y muy bonita. Una orquídea rosa con tres grandes flores. En el descansillo no había nadie. Entró y se asomó a su terraza, por si veía a alguien. Sí, había gente que pasaba, pero ¿quién había dejado aquella maceta?

Otra vez en el salón, la miró y observó. La maceta era transparente, de cristal, y traía un gran lazo blanco, en el que con letras doradas ponía: «Gracias». ¿Quién podría enviarla? No tenía ni idea.

Pensó en su madre, su padre, su hermano. No sabía quién podría ser. Esto ya la distrajo de su búsqueda de un libro para leer. Estuvo inquieta toda la tarde, pensaba sin querer en la maceta. Por un lado, pensaba en lo emocionante y misterioso del tema, y la ilusionaba pensar en ello. Se arregló con prisas, pues había quedado esa noche para ir al cine. Su amiga Carmen era muy puntual, y ella también.

Al final su estado de ánimo, que era muy bueno, le hizo ponerse un bonito vestido de flores en tonos azules, que le favorecía mucho. Ya en la calle se encaminó hacia el Hospital Noble, donde quedó con Carmen. Su paso era decidido y alegre, y las cosquillas en el estómago y su alma no la dejaron en ningún momento durante aquella tarde noche de precioso cielo lleno de estrellas y una gran luna nueva.

61. La chacha Mariquita

La chacha Mariquita era una mujer robusta y fuerte, siempre vestida de negro, pues siempre había un difunto a quien honrar. Su moño bajo, siempre muy peinado y bien hecho, te dejaba ver una cara limpia, redonda y de buen color, que miraba a los ojos con energía y amor.

Le tocó una época muy dura en su infancia, trabajo y más trabajo. Cuando en las casas había muy pocas comodidades, pero mucho cariño. En su juventud vivió una guerra, y más difícil aún fue la posguerra. Sacó adelante a sus ocho hijos y en el fondo fue una mujer feliz. Feliz en su día a día, en esas pequeñas cosas, que son las importantes. Su casa era la primera en tener su puerta baldeada y limpia. Y geranios, clavellinas, hierbabuena y albahaca nunca faltaban en sus macetas.

La chacha Mariquita era muy querida por todos, y en los veranos, en las noches de luna llena, se sentaba en su puerta con sus niños a contar estrellas. El olor del campo y la luz de la noche bella envolvían el ambiente de magia. Al primer canto del gallo, ya ella estaba en marcha, lavada, peinada, con su delantal de cuadros negros y su pañuelo en la cabeza, dispuesta a comerse el día y todas las primaveras.

Por tantas chachas Mariquita, Anita, Loli…, que habitaron nuestras tierras.

62. La esperanza y la pluma

«La esperanza, esa cosa con plumas que se posa en el alma…».
El sol, el aire, las flores, las calles, todo está cargado hoy de esperanzas. Así lo siento yo, al menos. Miro las calles de mi barrio y ya están abiertas todas las tiendas, los negocios comienzan con las esperanzas a tope, con las ganas de luchar, de seguir aún con más ganas. Y es que en la vida nos van surgiendo dificultades, que son muchas, pero lo importante es seguir luchando y sorteando esas dificultades.

El silencio que estos días atrás reinaba en nuestras calles hoy ya tiene ruidos distintos, sonidos de persianas que suben, de puertas que se abren, de carretillas cargadas de mercancía para bares y comercios. Y siguen flotando en el aire plumas de esperanza invisibles y llenas de mágicos sueños.

63. Los zapatos de tacón

Allí estaban, solos, abandonados, tirados de alguna manera. Al pasar los vi, pero no les presté la menor atención. Fue después, al llegar a la plaza, cuando observé a la niña que bailaba descalza sobre la acera, un niño tocaba la caja, y el hermano mayor, la guitarra. A ritmo de rumbas, fandangos y alegrías, estos daban rienda suelta a la fantasía de un buen baile, un zapateado y mucha alegría. Alegría de la que te levanta el ánimo, la mirada y la sonrisa.

Pensé que quizás aquellos zapatos abandonados sobre el banco serían de ella, que le apretaban y ya no le servían. Pregunté cuando terminó el baile, y la niña salió corriendo a por los zapatos. Y con ellos puestos venía con cara de felicidad.

Antes bailaban junto al banco y una mujer le dijo que le traería unos zapatos para que su taconeo sonara por alegrías. Ella los dejó en el banco y pensó que ya la bailaora los cogería.

64. La manta

El aire mecía la cortina en la ventana. El sol, casi oculto tras las nubes, acariciaba su piel. Ella dormía plácidamente sobre la cama. El rosa de su pijama de seda contrastaba con la manta que tejió su abuela.

Cuando fueron a ponerle su dormitorio de niña mayor, como ella decía, su abuela le dijo que pidiera algo, que ella se lo compraba. Después de pensarlo le dijo que quería una manta como la que su madre tenía en su cama. Era de cuadraditos de lana tejida, con distintos puntos y colores. A ello se puso la abuela, cada día tejía un cuadradito. Cada color era el reflejo de algo que le impresionó, le gustó o, simplemente, le inspiró.

Estaba uno azul, que recordaba a esos días de playa cuando compartieron baño. Otros recordaban al color de la arena, llena de puntillitas de encaje de espuma de agua. Las flores y las macetas también estaban allí reflejadas. El campo, ese día de campo que recogieron flores y comieron en la venta, donde dos gatitos no dejaron de ronronear a su lado. Los juegos, los cuentos contados en noches que ella se quedaba con la abuela. Todos y cada uno reflejaban con un color una vivencia.

Se levantó con una gran serenidad y paz, se puso sus zapatillas, cerró la ventana y fue a buscar a su madre.

—Mamá, mamá, he soñado con la abuela. Venía y me arropaba con su manta y me besaba en la frente.

Qué bonita y confortable era la manta de su abuela.

65. Besos y abrazos

Se fue apagando lentamente la ciudad, y las luces eran sus únicos vigilantes. Asomada al balcón, tocaba con su frente el frío cristal y sus ojos buscaban las sombras y las luces que tenía ante ella, intentando reconocer figuras conocidas.

Llegaba muy suave la música, y sentía las vibraciones en el cristal. Tuvo ganas de abrir el balcón y gritar, fuerte y alto, pero no lo hizo. Ahogó su grito, lo dejó en su garganta, esperando el momento oportuno para lanzarlo.

En el sofá estaba ya dormido su niño, al que arropó con sumo cuidado. Entró en la cocina y preparó en una bandeja la cena. Él llegaría pronto, vendría tan cansado. Cómo le gustaría abrazarlo cuando llegara, pero ahora estaban prohibidos besos y abrazos. Le abrió la cama, preparó la ropa en el baño y las bolsas para meter todo lo desechables. Pensó que después de todo tenían suerte de tener su habitación con baño, pues así no había peligro. Ella dormía ahora con su hijo o en el sofá. Se veían a tres metros de distancia, que era lo que medía el pasillo. Él sonreía.

—¿Todo bien, mi amor?

—Sí, y tú, ¿muy cansado?

Y con las ganas de volver a esos besos y abrazos que hoy les habían robado. Pero muy pronto recuperaría todos y cada uno.

Volvía a mirar al exterior, mientras ahora era el agua del baño la sintonía que ponía normalidad a la noche y al día a día.

Si nos dejan,
nos vamos a querer
toda la vida.
Si nos dejan…

Besos y abrazos.

66. La vida

Hoy me di cuenta de una forma real y directa de cómo es al final la vida y cómo nos va dando fuertes tortazos de realidad.

Estaba en la parada del metro. No había nadie a simple vista desde la escalera, solo una mujer sentada, esperando a que llegara. Pasé delante de ella y vi unos ojos cansados, tristes. No sabría cómo explicar esa mirada. Llevaba pañuelo en la cabeza y mascarilla. Yo también iba con mi mascarilla. La campana nos anunció que ya llegaba, ella se levantó y, mirándome a los ojos, me sonrió. Tuve ganas de llorar.

Hace cuatro años las dos cogíamos el mismo tren para ir a trabajar y charlábamos, nos contábamos nuestras cosas. Ya hacía tiempo que no la veía. No la reconocí. No supe mirarla a los ojos y sonreír, diciéndole: «Que sí, que sé quién eres, tranquila». Apenas cruzamos un saludo, no me atreví a más. Nos sentamos separadas y sin hablarnos. Pensé que si fuera distinto, la hubiera abrazado y le hubiera dicho: «Todo irá bien, no te preocupes». Sentada a su lado, quizás le hubiera cogido la mano. En cambio, las circunstancias y la vida hicieron que solo nos miráramos.

67. Nubes juguetonas

Hoy el cielo estaba cubierto de pequeñas nubes juguetonas que corrían por un cielo aún gris, pues el sol comenzaba a levantarse por el horizonte. Al fondo, las grúas, como tres grandes jirafas azules, vigilaban la entrada del puerto y la bahía. Y yo feliz, caminando por una arena dura que permitía caminar sin problemas ni dificultad. Muy pocos paseando, y un placer poder disfrutarlo. Te olvidas del momento, del día, te das cuenta de lo que realmente significa un paseo. Las cosas se valoran mucho más cuando se pierden. A todos nos pasa. Pero yo miro a lo lejos y vuelvo a ver el mar, las montañas y el sol, que poco a poco va subiendo, dando su paseo por el firmamento.

Respira fuerte y siente el aire limpio y puro que hoy tenemos, cómo te llega a los pulmones y a cada poro de tu cuerpo, y piensa: «Qué feliz soy de respirar, de vivir». Y veo cómo disfruta un perrito corriendo por la orilla, metiendo sus patitas en el agua, y se para y mira a su dueño. Qué carita de felicidad al comprobar que él sigue ahí a su lado.

Da pereza irse para casa, pero hay que seguir con el día, con la vida.

68. La película

Ayer vi una película en la que le preguntaban a una indígena qué quería del futuro. Decía: «Quiero ser una nube y volar por el cielo buscando mi tierra. Luego, cuando la encuentre, caer en forma de lluvia en ella y así estar en ella para siempre».

Qué bellas palabras de una mujer a la que ya no le quedaba nada, ni familia, ni trabajo, ni bienes, ni raíces. Solo su tierra. Quería quedarse en ella para siempre.

Si lo lees, puede parecer desalentador y deprimente, pero no es así. Es la esperanza de futuro. El agua y la tierra son los principios de la vida. Por difícil que se dé, con poco puede surgir la esperanza del renacer, del sobrevivir y luchar por el día a día. El futuro crea el presente y la esperanza en la vida.

Leo que hubo un pequeño terremoto, quizás fue eso lo que me despertó del sueño que tenía y me devolvió a la realidad. Miré por la ventana y vi como la luz del día había desaparecido; en cambio, tenía la luz más bella. La vida en cada ventana, en cada balcón. Se encendían las luces y seguía la cadencia de las noches y los días.

69. La soledad

Hoy quise sentir esa soledad de la mañana, ese aire fresco. Con mis pies descalzos, comencé ese paseo matutino en la soledad de mi casa. No estaba muy frío el suelo, se agradecía ese contacto fresco. Pasé por las seis puertas de mi armario, que fui rozando con mis dedos. Suave, duro, terso, así sentí el contacto. Luego, ya en el distribuidor —por llamarlo de alguna forma—, decidí hacia dónde dar mis dos pasos, hacia el baño o hacia el dormitorio de Isabel.

Me dirigí hacia el dormitorio, totalmente ordenado. Las estanterías estaban repletas de una vida intensa de lectura, apuntes y carpetas, todo clasificado y ordenado, nada fuera de su sitio. Los bolsos colgados en la percha, llenos de experiencia y de vida, que hoy esperan su próxima salida. La ventana entreabierta, y un balanceo tenue de la doble cortina. El gato me vigilaba desde los pies de la cama, en su mantita, totalmente mullida y confortable. La lámpara de sal esperaba la luz de la noche para, de alguna forma, contar su misterio. Y en el techo, una constelación de estrellas y planetas desde el globo que colgaba, totalmente alcanzable.

El baño tenía poco que ver, así que pasé rápido, en silencio y a oscuras, como a mí me gusta. Luego, ya en el salón, la luz del sol y de la calle comenzaron a despertarme. Oí las gaviotas, que chillaban y volaban de tejado en tejado, de ventana a azoteas. Los muebles me observaban y pretendían que pasase rápido y sin pararme; ellos llevaban su ritmo inalterable. Cogí el pasillo y me adentré en su taller, su despacho, en que se convirtió su habitación de pequeña. Aquí igual, un enorme mundo de estanterías ordenadas y completas, donde trabajabas tu imaginación, tu creatividad, y también lo que te daba el trabajo y tu seguridad. Enfrente la alacena me miraba con sus puertas de rejillas. Y antes de llegar, la cocina. Ese mundo, laboratorio, trabajo, desahogo y no sé cuántas cosas más.

Puse la cafetera y el tostador. El olor a café y a pan tostado me dio los buenos días.

70. Semana Santa

Distinta esta Semana Santa de las anteriores, muy distinta. El olor en mi casa hoy es el de la casa de Ronda, cuando vivía allí, aún soltera. Huele a limón y canela, con un poco de naranja también.

Mi madre hacía el arroz con leche para estos días, y las tortillas de bacalao y el potaje de garbanzos con espinacas. Ella también hacía huevos rellenos, y decía al terminar aquella mañana maratoniana de cocina: «Ya no cocino en tres o cuatro días. El que quiera comer, ahí está la comida. No hay horarios, pero tampoco cocina».

Eso significaba que podíamos ir y venir viendo procesiones, salidas y encierros, se comía cuando llegabas o cuando podías. En aquella época, el Viernes Santo y Sábado Santo cerraban todos los bares y cafeterías. Con lo cual tomar o picar algo en la calle no se podía. Y la calle se llenaba de silencio y olor a incienso, a cera, a claveles, rosas y lirios. Se oía el arrastrar de los pasos, de pies descalzos, por las empedradas calles por donde desfilaban.

Los críos comían manzanas con caramelo y arropías rosas. Los nazarenos, en silencio riguroso, caminaban detrás del Cristo o de la Virgen por la ciudad y el barrio. Al llegar al puente nuevo, ya ahí era la devoción a flor de piel. Sonaba una campanilla y un tambor marcando el paso.

Semana Santa del recuerdo, que muy pronto será de nuevo real, como antaño.

71. La costurera

El sonido de la máquina de coser la despertaba cada mañana. Su madre madrugada cuando el trabajo se le acumulaba. En esta época del año le hacían muchos encargos para las fiestas de Navidad, era la manera de tener algo más de ingresos. Después de comer, mientras hacían los deberes, ella seguía cosiendo, pegando botones o cremalleras. En más de una ocasión ella la ayudó a coser dobladillos, hilvanar camisas o vestidos.

También era un gran placer oír la radionovela mientras su madre cosía y ella terminaba algún dibujo atrasado para el colegio. Le gustaba hacer las labores que les obligaban a realizar para poder terminar el curso oyendo aquellas voces tan atrayentes que salían de aquel aparato. Aquellas historias llenas de drama, amor y comedia daban alegría y entretenimiento por aquellos años, cuando aún estaban muy lejos internet, las series de las distintas plataformas y las conversaciones por WhatsApp.

El mundo cambió muy rápido y enormemente, pero quizás antes conversábamos más, por mucho que ahora se hayan acortado tanto las distancias.

72. El escritor

Sobre la mesa, los folios en blanco. Se sonrió pensando cómo habían cambiado las cosas. Ahora enciendes el ordenador y con un clic ya tienes tus folios, pero siguen estando en blanco, si tú no escribes, claro.

Pues aquella mañana allí estaba la pantalla en blanco. «¿Qué decir hoy?». Se tomó el último sorbo de café y se encendió un cigarrillo. «El último del año», se dijo, sin terminar de creerlo. Siempre era el último. Sacó el portátil a la terraza; hoy el sol era muy agradable, calentaba. Llevaban días de lluvia, que aunque hacía falta, él no se acostumbraba, no le gustaba. «La lluvia solo para verla desde la ventana», se decía.

Venía a lo lejos el melillero. Hoy venía muy temprano, al menos fue la sensación, pues al mirar la hora era la de siempre. El barco entró con calma al puerto. Las palmeras de la calle comenzaron a moverse con el viento y tuvo que volver a entrar. La somnolencia fue adueñándose de su cuerpo.

Al abrir los ojos se notó todos los huesos, estaba dolorido. Miró la pantalla, que ahora ya no estaba en blanco, pues las páginas escritas se sucedían. A ver, leería lo escrito…

La casa de la abuela, blanca y de puertas azules, destacaba entre las demás del pueblo…

73. El jefe

Amaneció un día muy frío y gris. Qué pereza sentía, tener que salir a la calle no le apetecía nada. Se preparó un café con leche muy caliente y unos bollitos con mermelada. Ojeaba el móvil, correo, mensajes. Nada nuevo. Cada día le costaba más ir al trabajo, no la motivaba nada. Se aburría, en resumen.

Ahora otra vez un nuevo jefe, otra vez a demostrar lo que valía y lo que sabía. Bueno, se preparó por fin y salió hacia su trabajo. Estaba muy cerca, a diez minutos andando.

Todos habían llegado hoy muy pronto, cosa muy normal en este caso, ya que hoy conocerían al nuevo jefe. Todos tenían un correo con un mensaje. Los invitaban a ir a la sala de conferencias en media hora. «Que nadie comience a trabajar», hacía hincapié en esto.

Las miradas y los comentarios de incredulidad eran lo que más abundaba a aquella hora temprana de la mañana. En la entrada de la sala había café, zumos, chocolate caliente, dulces… Fueron cogiendo y sentándose en el interior. Una gran pantalla presidía la sala, y comenzó a sonar una música muy agradable.

Luego apareció una chica delgadita, poca cosa se diría, pero cuando habló cambió la imagen que podía proyectar físicamente: «Buenos días. Hoy comenzamos una nueva etapa en esta empresa, hoy cambiarán muchas cosas y todo irá a mejor. Espero que todos pongáis la ilusión y las ganas».

74. El alfarero

Allí vivía un alfarero que hacía las vasijas más bellas y finas de toda la ciudad. Trabajaba incansable todo el día. Los domingos subía al pueblo a vender su mercancía.

A su pequeña hija le gustaba acompañarlo ese día. Su padre le peinaba sus largas trenzas y le ponía su vestido nuevo, y en su carreta subían la empinada cuesta y exponían sus platos, fuentes y vasijas. Una rica señora compraba siempre y hablaba con la niña, que se llamaba Luz, y realmente era la luz de la vida de su padre. Como se acercaban los fríos días de invierno, aquella mañana la señora entregó a la niña una bonita capa roja. Era de buen paño y borde de lana blanca. El padre, en agradecimiento, entregó a la señora su mejor fuente.

Era época de regalar y soñar de alguna manera felicidad, así se sintieron todos aquel día, alfarero, niña y señora. Y por un cielo de azul intenso voló una radiante estrella de misterio, que pasó fugaz y veloz. Una luz que solo vieron algunos que tenían sus corazones llenos de ilusión.

Regresaron felices a su casa, con casi toda la mercancía vendida y sus almas repletas de felicidad.

75. La lotería

Vito quedó con Patri, una buena amiga. Era una forma de descansar del hospital, que últimamente era lo que hacía, hospital y librería. Así que quedó con ella con la esperanza de relajarse, no pensar y coger fuerzas.

Ambas fueron de compras a un gran centro comercial. Les hacían falta algunas cosas para sus casas, así que aparte de las compras hablarían de sus cosas, de los años que estuvieron separadas y con poca comunicación. Vito se quedó un poco sorprendida al ver la cola de gente que había en uno de los patios del centro. Patri le contó la historia de aquella cola de personas, que esperaban a que abriera la administración de lotería.

Resulta que un 22 de noviembre, una chica que buscaba trabajo desesperadamente encontró un billete de lotería, vio cómo cayó del bolsillo de una señora que subía a un coche. Ella lo cogió y salió corriendo tras el coche, pero no logró alcanzarlo ni que la vieran. Sin embargo, sí cogió la matrícula y buscó el coche todos los días. Cada día iba al centro y buscaba el coche y a la señora del billete, pero no había suerte. Fue ya el día 20 de diciembre cuando la volvió a ver y pudo devolver el décimo. La mujer se lo agradeció y le cogió su teléfono para llamarla si tocaba. Le preguntó:

—¿Qué te gustaría que te regalara si me toca?

—Un trabajo —dijo ella.

Y tocó el primer premio a ese número. Se había vendido todo en esa administración, ella era la dueña. Así que llamó a la chica, le dio trabajo y desde que ella está han tocado muchos premios, sobre todo lo que se vendía ese día, el 22 de noviembre.

Y se convirtió en una rutina en unos años que a la gente le gustara comprar ese día en especial. Vito pensó que así es la vida, un cúmulo de sorpresas, hechos y momentos que nos van dando la felicidad.

76. Mariquilla

Se oía mucho jaleo en el patio. Todos se asomaban a ver qué pasaba. Mariquilla tenía una crisis. De tarde en tarde le pasaba, le daba por gritar o romper cosas, se ponía agresiva y había que llamar a la guardia urbana o al hospital. Esta vez se quedó desnuda y se puso a gritar en mitad de la calle. Se la llevaban y durante unos días estaba atendida. Volvía serena, con su pelo blanco, limpio y oliendo muy bien. A ella le gustaba pintarse el pelo con carbón de la hornilla o con el culo de la sartén. Su ropa, siempre rota y sucia, ahora estaba limpia y ordenada. Entonces sacaba su mecedora y se ponía en la entrada, con su mirada perdida, quizás recordando su vida.

Fue una vida dura y triste la que llevó Mariquilla, por lo que la pobre estaba un poco loca. Pocos sabían en realidad su vida. Cada cual contaba cosas que eran verdad, y otras soñadas o inventadas. La suma de todo aquello te podía dar una idea de lo que en realidad vivió. Hija única, de una familia bien, la guerra y distintas penurias hicieron que todo fuera a peor. Llegaron a vivir en la calle. Así eran sus recuerdos, penas y dramas. Sí fue una época feliz su matrimonio, pero pronto el alcohol y la mala suerte la llevaron a vivir sola y abandonada de todo y de todos. Pero ella tampoco se dejaba ayudar.

Esos primeros días sí podías llevarle un caldito y unas natillas, pero luego volvía a sus paseos, sus locuras, sus gritos y peleas con ella y con la vida. Algunas veces aparecía con un perro o con un gato que recogía de la calle y durante algún tiempo lograba retenerlo con ella. Pero huían rápido, como todos de su vida. Al final todos eran almas libres que amaban la libertad, la calle, y volvían a ella.

Doli, la señora que vivía en la planta de arriba, era la que mejor entendía a Mariquilla, la que podía de vez en cuando entrar en su casa y poner algo de orden en aquel caos. Mariquilla, agradecida, solía traerle algún regalo: un trozo de tela, una cuchara, un jarrón que encontró en cualquier basurero del pueblo. El primer día que salió a la calle después de la última crisis, trajo un pequeño pajarito.

77. Tardes de verano

Ya se acercan las tardes de verano con olor a trigo y siega. Esas tardes de siesta en las que cantan chicharras y se avienta la parva en la era.

El olor a café recién hecho y la radio, con su novela, me despertaban e invitaban a unirme a la tarde serena. Ya con el fresquito era un paseo por la vereda que llegaba junto al río, el pozo, el huerto y fruta de temporada y hierbabuena. Luego la puesta del sol por detrás de la sierra, y sentados bajo la higuera veíamos pasar los pájaros y las cigüeñas. Tardes de verano, tardes bonitas y eternas.

78. La galería

Toda esta situación tan difícil que vivimos todos también tiene cosas buenas, muchas cosas que cada cual ha vivido de forma distinta: solidaridad, acercamiento, vivir recuerdos, soñar, imaginar y gratitud, mucha gratitud. También vida y cambios de etapa.

He vivido un fin de semana precioso. El sábado visité una galería de arte contemporáneo, Yusto/Giner, donde su lema era, según entendí desde mi perspectiva: «La felicidad y la simpleza de las cosas». Galería sencilla donde muchos artistas tienen sus obras. Sencillez, alegría, juventud. Sus integrantes tienen ilusión, mucha, que se contagia a raudales. Yo, que tengo la suerte inmensa de vivirlo desde cerca, doy gracias por ello. Obras que al mirarlas, simplemente, transmiten eso, felicidad, alegría sin más. Luego ya los expertos que opinen. Yo sentí mucha felicidad al compartir esa bonita mañana de sábado, mucha ilusión por los proyectos que nacen de forma ilusionante y sencilla, sin más. Ya por la tarde me reencontré con amigos y compartimos vida y recuerdos. Ya poco a poco vamos viéndonos todos.

El domingo, reunión familiar, algo también especial y bonito, pues es la familia el centro principal de todo, que nos ayuda a cargar pilas y a ser mejor persona. Y más reencuentro con amigas de toda la vida. Ya faltan menos por ver, saludar y seguir en este camino, que es vivir.

79. Los miedos

… quitarse los miedos,
echarlos afuera…

Muchos miedos hay sueltos en el ambiente. Muchos con razón, otros sin ella. Hay que ser responsables y cuidadosos, respetar a los demás y no obsesionarse. Si no, no vivimos. Y es verdad que a pesar de los pesares la vida es bella y solo tenemos una.

Hoy da la sensación de que ya va llegando el verano, el calor, el buen tiempo. Olvidamos ya nuestras pantuflas de paño, cogemos las chanclas, retomamos la camiseta de tirantes… Ordenamos las toallas, los bañadores y el olor a mar se hace más intenso. Yo visto mi casa de verano. Los armarios se llenan de color y los altillos se llenan a presión. Mi sofá cambia de color y la luz del salón es distinta. La penumbra te da frescura en las horas centrales del día, y poco a poco vuelve la luz y el ambiente agradable en la tarde. Las cortinas bailan con el aire y respiro tranquilidad y quietud.

Fuera se oyen ruidos de coches y paseantes, de risas y charlas refrescantes, y salgo tranquila, sin miedos, disfrutando de cada segundo de mi tiempo, de mi vida.

… pintar el futuro
con mucha ilusión.

80. Mamá

Mama, hoy me acordé de ti. Bueno, todos los días, en muchos momentos del día. Pero hoy en especial. Conforme iba hacia el súper, vi muchas colas. En la ferretería, en la farmacia, en la carnicería, colas y más colas en las calles. Por eso pensé qué poco te gustaron siempre las colas. Cuando iba contigo, siempre te las ingeniabas para ponerte donde no había nadie, o incluso colarte. Esperar no te gustaba. Siempre querías irte a tu casa, con tu gente, que te esperaba. Y veo la cola y pienso: «Hoy es lo que toca, hacer cola».

En la peluquería estoy en la cola, tengo el número 25. Falta aún una semana para que me toque, me darán cita y mientras a esperar en la cola de la llamada. Tú de niña ya tuviste que hacer colas, cuando se utilizaban las cartillas de racionamiento. Quizás de ahí te venía la fobia. La vida va evolucionando, y nosotros cambiando con ella.

Voy a la tienda donde compro los productos a granel y vuelvo a estar en cola. En la cola de la vida, que es cada día.

81. El miedo

La piel se fue haciendo cada vez más transparente. Bajo ella, el circuito de la vida. Si mirabas fijamente, veías como la sangre corría a través de las venas y, según la zona, se tornaba de color azul. Se sentía la vida con cada respiración. Pensó: «Menudas cosas pienso últimamente, en qué cosas me fijo de repente».

Acarició con la mirada la mano inerte que caía de la cama intentando tocar el suelo y, de alguna manera, agarrarse con fuerza a la realidad del momento. Se agitó su corazón con fuerza, sus latidos comenzaron a ser más intensos. El sudor bañó todo su cuerpo, sintió miedo. Esto fue lo que la despertó de aquel sueño… Respiró profundamente, se tocó con sus manos el pecho y sonrió. Solo era un mal sueño…

82. Hola

—Hola, buenos días.

—Buenos días.

Así comenzaban sus mañanas, con un «buenos días» de la portera de su bloque. Poco a poco, iba desapareciendo un oficio tan necesario en los bloques grandes o pequeños. La vida va cambiando, y esto también cambia.

Las porterías tenían sus porteros. Ellos limpiaban, cuidaban la entrada y las escaleras, repartían el correo en los distintos buzones, reponían las bombillas que se fundían, regaban las plantas que adornaban la entrada… Servían de intermediarios entre la calle y los habitantes del edificio, de alguna manera. Solían tener una pequeña casa en el ático del bloque o en la planta baja. Eran las primeras personas que te saludaban al salir de tu casa. Solían informarte también de los acontecimientos, de las vidas de los vecinos.

Ella recordaba cuando su hermana mayor se casó, hace ya muchos años. Lola, la portera, preparó, limpió y puso el portal y el primer tramo de las escaleras preciosos. Su hermana lloró al verlo. También recordaba cuando Paco, su marido, enfermó y estuvo un tiempo en el hospital. Nadie notó su falta, todo estuvo a punto siempre. Lola se dividió para llevarlo todo para delante y que nadie notara la ausencia de su marido.

Hoy en día hay una limpiadora que viene bien temprano, limpia, te da los buenos días y ya… La vida, que va cambiando, y nosotros con ella.

83. Ansiedad

Sentía una gran presión en el pecho. Intentaba respirar, pero le faltaba el aire. Se decía: «Tranquila, tranquila». Respiraba despacio, con fuerza. Intentaba llenar los pulmones y repartir ese aire por cada uno de los poros de su cuerpo, pero no podía. Intentó apartarse y sentir la soledad del universo, para poder recuperar fuerzas y seguir.

Lo consiguió. Miró al cielo y lo vio, cuajado de estrellas que, apretadas, intentaban brillar mucho. Ya podía respirar un poco más, los latidos en sus sienes habían desaparecido, el aire comenzaba a llegarle a su celebro. Su corazón ahora latía más tranquilo. Siguió así, mirando las estrellas. Buscaba la luna y estaba justo detrás de ella. Los olmos comenzaron una danza suave al ritmo del viento, que soplaba cálido, sereno, dándole ánimo. «Ya, ya pasó todo. Tranquila, ven, ven despacio, yo te cojo».

Se levantó y vio ante ella un camino con una luz tenue, que a cada paso se hacía más intensa y cálida. Se sintió en paz, tranquila, respirando ya sin dificultad. La ansiedad se fue, corría ladera abajo para no regresar más. Al menos, si volvía, ella sabía cómo volver a luchar.

84. Recordar

En esas tardes de finales de invierno, cuando la lluvia las dejaba tranquilas, su madre secaba la colada y ellas terminaban las tareas del cole. Allí sentadas en las piedras del poyete del patio, su madre ejercía de maestra y las niñas se afanaban en su escritura y sus tareas.

Recordaba, años más tarde, la sensación de llevar puestas las botas de agua, pesadas y con ese olor tan peculiar. Cómo su madre les hacía dictados, que inventaba y que las tenía entretenidas unas horas nada más. Dictaba las provincias y los ríos de España, de toda España. Los sabían todos, y también las cordilleras y las capitales de provincias. Era otra época, otra forma de estudiar y de ver la vida, nuestra tierra y nuestra España.

Luego ponía pan con chocolate de merienda y corrían a la calle a saltar a la comba un ratito, pues pronto sería la cena y volverían a casa. Ayudaban a poner la mesa y esperar a su padre, que volvía del campo de cultivar las tierras. Era una forma de vida pasada, pero muy bonita y serena. Recordar es tan bello, pues vivimos de nuevo lo ya vivido, pasado, pero nunca olvidado.

85. La lluvia

La lluvia impedía tener una imagen limpia de la calle. Los cristales, cubiertos de agua y vaho, daban un aspecto irreal aquella mañana a la vida, y ella simplemente se limitaba a mirarla. Las luces de los semáforos eran los puntos de luz y referencia en aquel amargo camino que transitaba ausente de una realidad que la aplastaba en el asiento del coche. La música envolvía aquella atmósfera, que se tensaba por momentos conforme se acercaba a su destino incierto.

Pensó por un momento que debería dejar de llover, así al menos vería con más nitidez si ya él esperaba en la puerta o si, por el contrario, sería ella quien volvería a esperar otra vez.

Se detuvo el coche en el semáforo y bajó rápido, ahora sin tener que abrir su paraguas. Al levantar la mirada lo vio, allí parado frente a ella, totalmente de negro, serio, más guapo que nunca. Ahora lucía canas y una barba que le daba un aspecto aún más interesante. Para ella no había pasado el tiempo, se vio con carpetas en las manos corriendo a su encuentro. Se notaba la felicidad en el rostro, esa que tienen los enamorados después de su primer beso y que, al mirarse, ven los abrazos tiernos que compartirán en adelante con cada encuentro.

86. Otro de lluvia

No recordaba el tiempo que hacía que no oía llover. Estar en la cama y al despertar oír ese repiqueteo del agua al caer sobre el asfalto, golpeando los cristales, empapando la tierra y limpiando el aire y las aceras, era todo un placer. Y más aún cuando sabías que no tenías que levantarte, que no tenías horario.

Los paraguas comenzaron poco a poco a inundar las calles, llenándolas de colores: rojos, negros, lunares, cuadritos… Miraba esa cortina de gotas que formaban una película bella de mirar y sentir. Corrían paraguas de aquí para allá, unos con prisas y otros lentos, saboreando el momento. Ella miraba desde su ventana la lluvia tan deseada, la vida cómo pasaba. Esperaba una oportunidad para bajar a su perrita Astry. Viendo que seguía cayendo el agua de forma suave, le puso su chubasquero rojo con gotitas blancas y la bajó. Ella también salió, con su paraguas. Dieron un paseo rápido por la plaza. Ni recordaba el tiempo que hacía que no abría su paraguas.

Índice

Sobre la autora

María Prieto Domínguez (Ronda, Málaga, 1959) pasó su infancia y juventud en su ciudad natal, para trasladarse posteriormente a la capital malagueña, donde estudió Magisterio de Ciencias Humanas. Ejercita a diario el hábito de la escritura, aunque no se considera escritora, sino solo aprendiz, definiéndose más bien como una artista a la que le gusta contar historias. *Patchwork (retales de una vida)* es su primer libro publicado y supone para ella «un gran reto y una bonita ilusión, que se hará realidad cuando los textos pasen ante los ojos del lector».